君の六月は凍る

王谷晶

朝日新聞出版

目次

君の六月は凍る

君の六月は凍る

君の六月は凍った。

わたしがそれを知ったのは七月の初めで、真夏みたいに暑い日でした。久しぶりに君のことを思い出しました。ちゃんと数えてみたら、君の顔を最後に見てから三十年も経《た》っていました。とても長い時間です。ちょっと驚いてしまった。君もこのことを知ったら信じられないと言ったでしょうか。それとも君は、きちんと三十年という年月を一年、一年と確かめながら過ごしていたのでしょうか。

まず最初に感じたのは、懐かしさでした。不自然なことではないと思う。君と出会ったのはわたしたちが生まれ育った故郷で、君についての記憶はそれと強く結びついていますから。

もう長い間、あそこには帰っていません。なのに君の名前を見つけたとき、すぐに頭の中に、あの殺風景な川べりや、駐輪場の壁の読めない落書きや、夕暮れに黒く浮かび上がる大橋のシルエットや、山頂に建つ工場の姿が浮かんできました。つい昨日のことのように、鮮やかに、まざまざと。

懐かしい。思わずそう呟《つぶや》いて、自分でも苦笑いしてしまったけれど、だって三十年です。ちょっとノスタルジーを感じてしまうことくらいは、許してほしい。

時間は何もかもを鈍化させます。わたしの記憶は気付かないうちにだいぶ曖昧に、そして単純に均《なら》されていたようです。もし仮に、そうですね、十五年くらい前に君の名前を思い出していたら、きっと懐かしいより先に浮かんでくる言葉がたくさんあったでしょう。こんなふうに落ち着いていることもできなかったかもしれない。もちろん君のことも、あの町のことも、今も覚えていることはたくさんあります。記憶が変わったのではなく、それを受け止めるわたしが変化したのかもしれません。

三十年分歳をとって、身体《からだ》の内側も外側もいろいろなことが変わりました。

一度大きな怪我《けが》をしたし、今は、生命にかかわるほどのものじゃないけれど、慢性的な病も抱えています。わたしは大人になり、それを通り越して、生き物として少しずつ衰えはじめているのです。

見た目もだいぶ変わったと思います。着ているものも、持っているものも。今わたしが住んでいる場所やしている仕事を君が知ったら、たぶん驚くはず。そうだ、君は何かに驚くと猫の仔《こ》のように目を見開いて身体を硬直させるくせがあった。君の仕草は全体的に臆病な動物を感じさせた。今もそれは変わっていなかったのでしょうか。わたしが大人になったということは、君も大人になり、そして同じように生物としての衰えを感じはじめていたのかもしれません。わたしたちは同い歳《どし》でしたから。

わたしは今、マグカップの中の冷めたコーヒーを一口飲んでから、君の名前をもう一度確認しています。偶然、今日、いま、目に入った君の名前。君を探していて見つけたわけじゃない。こんなふうに言ったら君は傷つくでしょうか。君が傷つくとき、どういう顔をしていたのか、それがどうしても思い出せません。わたしはそれを何度か見たことがあるはずなのだけれど。

君の名前と一緒に、君の生まれた場所、つまりわたしの生まれた場所の名前もそこには書かれています。君はあの町を離れていなかったのですね。そのことを考えると、意外なような、そうでもないような、奇妙な気分になります。併記されている土地の名前、建物の名前、すべて記憶にあるまま。三十年も変わらない場所なんてありえるでしょうか？

今わたしが住んでいるところは、何もかもが猛スピードで変化しています。美味《おい》しいと思って通い始めた新しいレストランが半年後には影も形も無くなってるなんてことも、ざらです。隣人も、家の近くで行き交う人々も、いつの間にか名も知らぬ誰かから名も知らぬ誰かへと入れ替わっていきます。こういうせわしない場所では、何かに執着することも難しい。あらゆるものが一過性の現象で、店も人もするすると流れ去っていく。わたしも他の住人にとっての見知らぬ誰かの一人で、いずれここからどこかへ流れて行くのでしょう。

あの町にはレストランなんてものはありませんでしたね。そもそも外食できるような場所がほとんど無かった。飲食店は大人たちが夜に集まる店が数軒あるだけ。今思えば、子供のための施設は学校以外にはほぼ無かった。公園も無し。安いお菓子を売っているような店も無し。町は大人たちのための場所で、子供たちは邪魔者か居候のようにその中をあっちこっち走り回って、なんとか居場所を模索し日々彷徨《さまよ》っていました。本当に何もない町でした。坂の多い道と、大きな町からはじき出されたいくつかの厄介な施設が放り込まれているだけの、物置みたいな町でした。わたしたちは物置で生まれ、物置で育ち、物置で出会った。

君が住んでいた家はわたしの家とそう離れてはいませんでしたね。思い切り大きな声を出せば聞こえるくらいの距離だったはずです。それでなくても、だいたいの住人は多かれ少なかれ知り合いや親戚で、ご近所さんでした。わたしの家の隣には親類の家があったし、いとこたちとはきょうだいのように混じり合って育てられました。町の子供たちはほとんど全員同じ学校に通っていましたし、だからわたしたちもごく小さなころからお互いを知っていました。自然と、当たり前に、同じ土地で生まれ育ったものとして。

小さいころ、飼っていた犬の散歩をしている途中で、君の姿を見かけることが何度かありました。君は決まって手ぶらで、肌寒い日でも上着は着ずに、一人でうろついていました。君にもきょうだいがいたけれど、一緒に遊んでいる姿は見たことがありませんでした。君は一人だった。いつも一人だった。

わたしも友達は少なく、一人遊びをすることの多い子供でした。でも犬のJと、きょうだいのBとは仲がよかった。

Bはわたしの四つ上で、明るく大人びた性格をしていました。明るいけれど、さっぱりと乾いていて、黙っていても自然と他人に好かれるような人物です。両親とも、もちろんわたしとも少しも似ていないその風通しのいい佇まいは、最も身近な憧《あこが》れでした。Bのようになりたかった。けれど成長すればするほど、わたしはBからかけ離れていくのです。Bのように喋《しゃべ》ることも、Bのように歩くことも、Bのようにただ立っていることすらできなかった。それが本当に怖くて、悲しくて、そのころのわたしはJの散歩ばかりしていた。犬と一緒に歩くと気持ちが落ち着きますからね。

わたしの家は少し高台にありました。Jの散歩コースは、曲がりくねった坂道を降りて川べりまで行き、一番大きな橋まで歩いて戻ってくるというのがお決まりでした。行きは川の流れと同じ方向に歩き、帰りは逆らって歩きます。

Ｊは大きな犬でしたが、子供のわたしの歩みに合わせてくれる、賢く優しい犬でした。

町で一番大きな橋には、本当は長ったらしい、いかめしい名前がついているのですが、みんなただ大橋と呼んでいました。君を見かけるのは、大橋の近くのことが多かった。川向こうの街と繋《つな》がっていて、車通りが多いので子供は近くで遊んではいけないと言われている場所です。そのころの君は、ほかの同い歳の子供たちより、そしてわたしより、背が小さくて幼く見えた。わたしも最初は、君を歳下の子供と思っていました。

いまこうして思い出してみても、あのときの君が橋の近くで何をしていたのか、よく分かりません。ただぶらぶらしていたのか、それとも何か探していたのか。少し俯《うつむ》き気味で、何か目的を持って歩いているようには見えない、どこかふてくされたような雰囲気で、君は大橋の周りをうろついていました。その姿を見ると、わたしは決まって少し怯《おび》えた気持ちになりました。そしてすぐに、何かあってもＪが守ってくれるはずと思い、安心を取り戻すのです。

おかしいですよね。君はほんとに小さくて、わたしはどちらかというと発育のいい子供でした。仮にあのころ喧嘩なんかしていたら、絶対にわたしが勝っていたでしょう。でもわたしは君が怖かった。リードに繋がれ、よく知っているJは大きくても怖くないけど、首輪もない見知らぬ犬は小型犬でも恐ろしいのと同じような感覚です。君は子供で、保護者がいて、だからわたしや他の子供たちと同じように見えない首輪とリードがついているはずなのに、なぜかそれが感じられなかった。

君はわたしがJを連れて近くを通ると、決まって長い前髪の下からちらっと視線をよこしました。その目もなんだか恐ろしかった。先にも言ったように、あの町の子供たちは皆同じ学校に通い、ほとんどが友達か知り合いか親戚です。仲違《なかたが》いをしていたり、仲の悪いグループの者同士でなかったら、外で会ったらちょっと挨拶くらいの声かけはするものでした。でも君は無言で、わたしも口は開かなかった。西日の射す川べりで、そこにはわたしたちしかいないのに、お互いにお互いを見つめているのに、ただ黙って、じりじりとすれ違うだけ。

君の、他の子供たちとは少し変わった名前はもちろん知っていました。一言名を呼べば、そこから何か会話が始まったはずです。きっと。君だってわたしの名前くらいは知っていたはず。あのときのわたしたちは、どうしてそうしなかったのでしょうね。

わたしの名前はありふれたものだったけれど、音の響きがBと対になっているような名だったので、自分では気に入っていました。ただ、あまり親しくない親戚などにBと呼び間違えられるのは嫌でした。わたしはBではない。わたしがBではないことをいちばんよく知っているのはわたしなのだから、それをわざわざ再確認させないでほしい。そういう気持ちです。君のきょうだいの名前も風変わりだった。それをからかう声も聞いたことがあります。でも、わたしは密《ひそ》かにかっこいい名前だな、と思っていました。嘘《うそ》じゃないよ。

君とわたしが初めて口を利いたのは、そこから少し成長してからです。そのころのわたしは、毎日機嫌が悪かった。大橋の向こうの街の学校に通うようになったBが、次の春からいよいよ川向こうのさらにその先、一日では行って帰ってくることもできないくらい遠くに行ってしまうことが決まったからです。

そんなことをするひとは、町にはほとんどいなかった。みんな川向こうの街か、せいぜいそこからもうひとつ低い山を越えたところにある街の学校か職場に行くのです。そうでなければ、町にある厄介な施設のどれかで働きます。でもBは当たり前のように町から、家から、わたしから離れることを決めてしまいました。両親も普通の顔をしてそれを受け入れているのが、腹が立ってしょうがなかった。

あのころのBは明らかに浮足立っていました。いつもどおりわたしにも優しく明るく振る舞っていたけれど、心の一部は、もうその遠い、わたしの知らない街に離れていってしまっているのが分かりました。わたしはどうすればBが計画を変えてここに残ってくれるか、それればかり考えていました。

Bは「出来がいい」ので遠くに行くことが決まったのだそうです。わたしの通っていた、かつてBの卒業した学校でも、Bが遠くに行くことはちょっとした話題になっていました。Bの担任をしていた先生がわたしに声をかけ、Bを褒め、普段ならBが褒められるのを聞くのはとても嬉《うれ》しい瞬間なのに、わたしはむっつりと黙ったまま、まるで叱られているような態度でそれを聞き流していました。

君はあの学校は好きでしたか？　わたしは好きでも嫌いでもありませんでし

た。ほとんどの子供がそうだったでしょう。学校に行くことくらいしかやることがないし、学校に行かなかったら大変なことになると言われていたので、それはわたしたちのただの義務でした。そして、この世のすべてでした。学校で得られる教師からの評価、そして友達同士の評価がそのときのわたしの世界のほとんどを構築していました。

成績は悪いほうではありませんでした。でもBにはぜんぜん及ばない。だからそこそこの点数を取っても、Bと比較され、普通より低い評価を下されている気がしました。Bは本を読むのが好きでした。だからわたしは、なるべく本は読まないようにしようと決めました。Bと同じことをしてもBより上手にはできないし、Bの単純なまねをしているように思われたら嫌だったからです。そもそも、もともと、物語を読んだりその感想文を書いたりする授業は苦手でした。嘘の話を読んで、それについて思ったことを書けと言われても、何も思いつかないからです。同じように、漫画を読んだりテレビドラマを観るのも苦手でした。架空の物語を見聞きして得られるものが何なのか、わたしは今も分からないままです。今暮らしている部屋にも、物語の本は一冊も置いてありません。

わたしは休まず学校に通っていました。風邪《かぜ》もほとんどひかなかったし、虫歯にもならない。休む理由がありませんでした。子供時代のわたしはとても丈夫だったんです。でも、身体は元気だけれどスポーツをしたり集団で遊んだりするのは苦手でした。他にもそういう子供はいましたが、そういう子はたいてい図書室に親しんで、本を読むことで時間と体力を使っていました。わたしはそれをしたくなかったから、放課後はとにかく退屈でしかない時間でした。どこもかしこも知り尽くした学校や町の中を、ひたすらぶらぶら歩き回ることで時間をつぶしていました。

小さな学校だけれど、校庭は広かった。学校はわたしの家よりさらに高台にあり、背後の山と混じり合うように、敷地の一部は森にのみ込まれていました。こちらで出来た知り合いにその様子を話すと、風光明媚《ふうこうめいび》な田舎でのんびり子供時代を過ごしたのだと理解されることが多いです。でも、君も知っている通り、あの町は確かに田舎町だったけれど、美しい自然があったわけではありません。住宅街は似たような、機能性と経済性だけを重視したような安っぽい不格好な造りの家で埋め尽くされ、山や森はところどころを無造作に削られ、臭いにおいを出す工場やごみの処理施設などが聳《そび》えていました。川べりは水害の予防のためにコンクリートで固められ、大橋を行き交うトラックから投げ捨てられたごみは放置されっぱなしでした。

でも学校の、あの校庭の端だけは、たしかに美しい風景と言えたかもしれません。

そこは雑木林で、秋や春には色とりどりの葉が陽の光を受けて輝き、灰色の建物と紺色の制服で埋め尽くされた学校の中では、異世界のように見えました。少し奥まで入ると、校舎も他の建物も見えなくなり、本当に深い森の奥にいるような感覚になるのです。その森と校庭のあわいの部分には木とトタンと丈夫な金網で出来た鳥小屋があって、鶏が飼われていました。

あの日、わたしはどうしてあそこに行ったんでしょう。記憶がとても曖昧です。なにせ三十年以上昔のことですからね。とにかく、肌寒い放課後、わたしはあの鳥小屋に近づいたんです。

まだ日はあるのにもうその辺りは暗くなりはじめていて、青々と茂る広葉樹の葉が重い影を落としていました。砂埃《すなぼこり》の乾いたにおいのする校庭から数歩入っただけなのに、微《かす》かな黴《かび》と湿った土と苔《こけ》と、鶏糞《けいふん》のにおいの満ちた空間になっていました。足音も、自分の呼吸の音も、全て濡《ぬ》れた黒い土に吸い込まれ消えていくような感覚です。

鶏たちは無言でした。でも耳をすますと、羽根が擦《こす》れ合うキシキシした音や、小さなしゃっくりのようなコココ、という声が聞こえます。鳥小屋の周りにはいつも誰もいませんでした。臭いし、鶏はべつに可愛《かわい》い動物ではないし、貧乏くじを引いた世話係でもないかぎり、寄りつく理由がないからです。

だから、鳥小屋の陰に隠れるように座っている君を見つけたときは、死ぬほど驚きました。

わたしは叫び声すらあげたかもしれません。君も、鶏も、びっくりしてぴょんと跳ね、鳥小屋の中は一瞬で大騒ぎになりました。舞い上がる羽根と鶏糞と敷き藁《わら》。耳をつんざくような不気味な鶏の鳴き声。

金網の向こうで、君がぎゅっと身体を硬くして、猫の仔のような顔でわたしを見ていました。手には美術の授業で使うスケッチブックを持っています。

「びっくりした」

と、君は言いました。元から退屈していて機嫌の悪かったわたしは、それを聞いてますます腹が立ちました。びっくりしたのはこっちだ。それに、びっくりしたときびっくりしたなんて言うのは、いかにも間抜けっぽい。わたしはその年頃らしい無用な神経質さで、そんなことを考えたはずです。

そのころには、君とわたしの身長はあまり差はなくなっていました。でも君の小柄な印象はそのままでした。わたしはやはり、君の姿を見て恐ろしさを感じました。しかも、今隣にはJはいません。

わたしたちはしばらく黙ってお互いを見ていました。鶏はすぐに落ち着き、また羽根を鳴らしながら地面をうろうろと歩いています。君は硬い表情のまま、もしかするとわたしが喋るのを待っていたのかもしれません。でもやがてその場にしゃがみこむと、わたしから視線を外しスケッチブックを開いて、何かを描き始めました。

わたしは何が起こったのかよく分かりませんでした。君がわたしを無視することに決めたのだ、と分かって、よりむしゃくしゃしました。

「何してるの」

と刺々《とげとげ》しい声で言うと、君は鉛筆を持つ手を止め、やはり長い前髪の間から
わたしをちらっと見て、

「スケッチ」

とだけ言い、また手を動かし始めました。

スケッチ、と聞いて、わたしはそれが絵を描くことだとすぐには理解できませんでした。美術の授業もわたしにとっては苦痛で、絵を描いたり粘土をこねたりするのは幼稚園で卒業したはずなのにとずっと思っていました。絵や彫刻について書いてある教科書を読むのも教師の話を聞くのも退屈で、無駄な時間と感じていました。

「課題?」

そう訊《き》くと、君はもう視線すら寄越さずに頭を横に振ります。

「クラブ活動?」

否定。君はただひたすらに鉛筆を動かし続けます。

わたしはいらいらして、その後取る行動の選択肢をすぐに三つほど頭の中に

浮かべました。ひとつはこのまま無言でここを立ち去ること。一番簡単で、もしかすると唐突に会話から放り出された君がショックを受けてくれるかもしれません。でもかじりつくように真剣にスケッチブックを見つめている君から、そんな反応が引き出せる気がしませんでした。もうひとつは、君の側《そば》まで行っておもむろにスケッチブックを蹴り飛ばすこと。これは間違いなく君にショックを与えるでしょう。しかし、そんなことをされた君が教師や他の誰かにそのことを告げ口したらやっかいです。わたしは理不尽な暴力を振るう生徒として問い詰められ、何かしらの罰を受ける可能性もあります。

最後のひとつは、君に近づき、背後に回り、何を描いているのか見ることです。

わたしはそれを選びました。大股に力強く、わざとがさつな感じに歩いて君に近づき、後ろに立って見下ろしました。

君のぺたっとした髪に覆われた丸い頭の向こうに、一羽の鶏が見えました。わたしはその当時も今も、絵の良し悪しはよく理解できません。ですがその絵が、かなり上手なものであることはすぐに分かりました。子供たちが描いた絵に対しての最大の褒め言葉らしい「子供らしさ」と評される大げさな破調やデフォルメのない、大人が描いているような写実的なスケッチでした。

予想の外にあるものを見て、わたしは苛立《いらだ》ちも忘れてその絵と、絵を描く君の手元に見とれました。

鳥小屋の中の、ひときわ大きな雄鶏《おんどり》を君は描いていました。小屋の中の雄鶏は絶えずちょこちょこと動き回っているのに、スケッチブックの中の雄鶏はじっと静止しています。あんなに動いているものを見ながらどうしてこんな姿を描けるのか、わたしは不思議な気持ちで頭がいっぱいになりました。

君は息をひそめて、背後に立つわたしのことなど気付いてもいないくらい集中して、ひたすら手を動かしています。もう無視されていることに腹は立たなくなっていました。

半分くらいの短さになった鉛筆で、君は雄鶏の膨らんだ胸のあたりを描いています。不気味にひらひらしている赤い鶏冠《とさか》よりも、その張り出して膨らんだ胸がふんぞりかえって偉そうに見えます。雄鶏はせわしなく地面を嘴《くちばし》で突《つつ》き、時折首を上のほうににゅうっと伸ばして辺りを見回し、また地面を突くことを繰り返しています。

「何を考えてるの」

そう思わず口に出していました。言ってから、自分が意味の分からない発言をしてしまったことに気付き、はっとして恥ずかしくなりました。

けれど君は手を止めず、視線も動かさず、

「鶏が？」

と訊き返してきたのです。

わたしは驚いて、君に見えないのに焦って首を上下に振って、「そう、鶏が」と答えました。まったくその通り、わたしは鶏が何を考えているのか訊きたかったのです。普通は、こんなときそんな質問はしないでしょう。でも君は、わたしが何を訊きたいのかすぐに理解した。

「分からない。鶏の考えてることなんて、分かるわけがない」

君の声は平坦でした。思えば君がちゃんと喋っているのを聞いたのはそれが初めてだったかもしれません。口調は大人びていたけれど、少し舌足らずな発音で、そのアンバランスさが可笑《おか》しかった。

わたしは声を出さないよう押し殺して笑いました。スケッチブックの中の雄鶏はどんどんくっきりとした姿を浮かび上がらせていきます。

「鶏が好きなの」

今度は君への質問として言いました。

「なんでそんなこと訊くの」

「疑問に思ったから」

「思ったことをなんでも言わなくてもいいんじゃないの」

今度は我慢できずに、わたしは声を出して笑ってしまいました。

すると君はとうとう手を止め、後ろを振り返り、

「何がおかしいの。どうして笑うの」

と言いました。

どうしてなんでしょうね？　わたしはその問いに何て答えたのでしたっけ。それとも答えないで、ただ笑い続けていたのかな。思い出せません。とにかく気がつけば、小さな君への恐怖心が消えていたのです。

君とわたしは、すれ違いざまに挨拶をするようになりました。軽く手をあげたり、背《うなず》いたりする程度です。学校の廊下で、校庭で、町の中で、言葉を交わすまでもなく、ささやかに。

傍から見ていれば、わたしと君がコミュニケーションを取っていることすら気付かれなかったと思います。でもわたしたちには互いに、あの川べりでの無言のすれ違いという蓄積があり、それとは違う種類の視線を交わすことで、それはもう声をかけているのと同じ意味を持つようになったのです。

正直に言うと、わたしは君と挨拶を交わすのを同級生たちに知られないように気をくばっていました。

学校の中で、君は異物扱いされていた。当時ももちろん、学校でのいじめは大きな社会問題になっていました。Bが在籍していた時期には、ちょっと騒ぎになるような事件も起きていました。小さな町では大きな出来事です。大人たちはいじめに敏感になりました。子供の間でそういう問題が起きるととても面倒なことになると知り、子供たちへの監視と指導を強めました。そのせいか、君の異物扱いは物理的な暴力やあからさまな暴言などは含まれていないようでした。わたしの知る限り。

ただ、君は相変わらず一人だったし、廊下をただ歩いているだけ、授業をただ受けているだけで、いわれのないクスクス笑いや陰口を浴びせられているようでした。他のクラスの生徒の間でも、君の名前を言うだけで忍び笑いが起きる。そういう類いのものです。陰湿ですが、遠巻きでささやかで、教師も注意すらしませんでした。気付いてもいなかったかもしれません。そんなことが、どういう理由で、どこからどうやって始まったのか、説明できる子は誰もいなかったんじゃないでしょうか。率先して君をからかっているグループの子たちでさえ、なぜ君なのかは説明できなかったはずです。

いつかの日曜日、わたしはお昼を食べてすぐくらいの時間に、Jの散歩に出かけました。本当はもう少し遅い時間に行くのですが、その日は雨の予報があったので早めに出掛けたのです。Jの毛はほとんど白に近い薄い茶色で、綿飴《わたあめ》みたいにたっぷりとしています。この毛が濡れると乾かすのが大変なので、散歩はなるべく雨を避ける必要がありました。

いつも通り、川べりまで行き、のっぺりしたコンクリートの道を歩きます。

釣りをしている人や同じように犬を散歩させている人が何人かいました。そして大橋に近づいたあたりで、君の姿を見つけました。

やはり君は手ぶらで、薄着をしていて、汚らしくごみの散らばった大橋の下をぶらついていました。空き缶をつま先で蹴飛ばしたり、立ち止まってぼんやり川の向こう岸を見つめたり。そのまま通り過ぎてもよかったけれど、わたしは思い切って君の名前を呼びました。

「何?」

君はすぐに反応しました。驚いたふうでもなかった。そのことにわたしのほうがちょっと驚いたのを覚えています。まるでわたしが声を掛けることを知っていたみたいで。

「別に、用事はないけど」

「ならどうして呼んだの」

わたしはまた小さく笑いました。君の言葉は面白かった。君が間違ったことを言ったわけじゃありません。むしろ常にまっとうで当然で正当なことしか言わなくて、それが可笑しかったんです。

「目に入ったから、なんとなく」

そう言い返すと、君は眉間《みけん》に皺《しわ》を寄せました。わたしのことも、学校で陰湿なからかいをしてくる連中と同じだと思ったのかもしれません。

「ここで何してるの」

「別に。何も」

「たまに見かけるけど、いつも何してるのか分からない」

「だから？」

「何してるのか気になる」

「なぜ」

「理由がなきゃだめ？」

「理由もないのに質問をするのはおかしい」

Jが足元でもぞもぞと動きました。散歩の途中で立ち止まることは普段ないから、不安になったのでしょう。わたしの様子をうかがうようにそわそわしています。

「この子、Jっていう」

Jの頭を指差して言いました。でも君は特に興味もなさそうに一瞥《いちべつ》をくれると、

「訊いてない」

とだけ言いました。

「なんか、やなやつだね」

「なら話しかけなければいい」

まったくその通りなのですが、わたしは反射的に、

「やだよ！」

と、自分で思っていたより大きな声で言い返していました。

「なんでやなの。それも理由がないの？」

そう言う君の口の端が、ほんの少し上がっているのをわたしは見逃しませんでした。笑っている。君が笑ったのを見たのはそれが初めてでした。わたしは自分の名前を名乗りました。君は「知ってる」と言いました。

次の日の放課後、わたしは校庭から人が減ったのを見計らって、鳥小屋に向かいました。

予想通り、君は鳥小屋の裏にしゃがみこんでスケッチブックと向き合っていました。制服の上着を脱いですぐ近くの二股になっている木の枝に掛け、シャツを腕まくりして鉛筆を走らせています。きょうだいのお下がりなのか、君の着ているものは制服でも私服でもいつも身体よりだいぶ大きかった。垂れ下がる前髪で君の顔はよく見えなかったけれど、わたしに気付いていることは気付いていていました。

鶏は全部で六、七羽はいたような気がします。十羽まではいなかったし、二、三というほど少なくもなかった。鶏冠と身体の大きさ以外は違いの分からない、茶色くてつやつやした羽根に覆われたまるっこい鶏たちでした。

「こいつらに名前ついてるのかな」

わたしが言うと、君は手を止めずに答えました。

「知らない。世話係じゃないから」

「見分けつく？」

「つく」

「つくなら名前をつけてやればいいいんじゃない」

「そんなの、意味がない」

「どうして」

「鶏が名前を必要としているとは思えない」

スケッチブックの中には、今度は雌鶏《めんどり》が描かれていました。

「こっちが勝手に名前をつけても、それは鶏の本当の名前じゃない。鶏の名前は、鶏がつけるべきだ」

わたしは君の言葉の意味がよく分からなくて、でも「分からない」と言うのは嫌で、黙ってしばらく君の手元を見ていました。

「君の名前は誰がつけたの」

わたしが言うと、一瞬、鉛筆の動きが不自然に跳ねました。わたしはちょっと嬉しくなりました。君が自分ときょうだいの名前でさんざんからかわれているのは知っています。名前の話をこんなふうにすれば、君が動揺するのを知っていました。

でも君は描くのを止めず、わたしを振り返りもせず、ただこう返しました。

「神様。ヒトの名前は、神様がつける」

わたしは知っています。おとなしく無口で目立たない君がなぜからかいの対象になったのか。誰も言葉で説明することはできなかったけれど、わたしは分かっていました。

君は素敵な人だった。あの小さな町の中では異物になってしまうほどに。

それからひと月もしない放課後、わたしは制服を着たまま、学校用の鞄《かばん》を持ったまま、君の家の前にいました。君が風邪で学校を休んだのです。初めてのことではありません。君はそれまでもちょくちょく休んでいました。さぼっているとか仮病とか言われていましたが、親が電話で連絡しなければ休むのは無理なはずなので、わたしは本当に君は身体が弱いのだと信じていました。

なぜその日は君の家に行こうとしたのか。一番の理由は好奇心でしょう。家の前を通りかかったことは何度もあるけど、中に入ったことは当然一度もありません。君の家も、他の家たちと同じように不格好でそっけない建物で、でも私の家よりさらに古くて、小さくて、壁や屋根がぼろくて、庭が荒れていました。駐車場は空っぽで、犬を飼っている気配はありません。あれだけ鶏を熱心にスケッチしているのだから君は動物が好きなのかなと思っていましたが、Jには関心を示さなかったし、ここにもペットの痕跡はありません。

わたしの手にはプリントがあります。別に今日渡さなくてはいけないような内容ではないけれど、家を訪問する口実にはなりそうな、学校からのプリントです。これを渡して、家の中をちょっと見て、別に君に会えなくても、それでわたしの好奇心は満たされるはずでした。

窓にはカーテンが引かれていましたが、明かりはついていました。ドアをノックすると、中からがたがたと音が聞こえます。でもしばらく待っても何も起こらないので、思い切ってもう一度ノックをすると、

「誰！」

というおそろしい声が聞こえました。君の声ではなく、大人の声です。わたしは反射的にそのまま走って逃げようと思いました。でもすぐにドアが乱暴に開き、そこに、数度しか姿を見たことのない君のきょうだいのZがいたのです。

「何？」

Zは明らかに不機嫌そうな顔をしていました。寝て起きたばかりみたいな、

ひどくよれよれの服を着ていて、わたしを見下ろしています。

「あの」

わたしの声は緊張で掠《かす》れました。捧《ささ》げ物のように突き出したプリントを持つ手も震えていました。確かZはBよりひとつかふたつ歳上のはずです。でもそれよりもずっと、もっと、歳を取っている大人に見えた。

Zはわたしの手からさっとプリントを取ると、目を細めてそれを見て、

「友達?」

と言いました。その短い言葉から、わたしが君の友達かどうか訊いているのだと読み取るのに少し時間がかかりました。

どうなんでしょう。少なくともあの時点ではわたしたちは友達関係とは呼べなかった気がします。でもそれを否定したら、どうやってZにわたしと君の関係を説明すればいいのでしょう。鳥小屋の前でわずかな時間を過ごし、すれ違うときにささやかな挨拶を交わす関係です。それをどうやって呼んだらいいのか、大人になった今でも、よく分かりません。

ふいに、足音が聞こえました。それから、大きなZの身体がぐらっと揺れま

した。Ｚの背後から、細い手がにゅっと現れてその腰のあたりを摑《つか》んで、わたしは驚いて声をあげそうになりました。ばかばかしいけれど、おばけが出た、と一瞬本気で思ってしまったのです。当たり前ですが、それは君の腕でした。

Ｚは振り返って君の名前を呼びました。走って突進して自分に抱きついてきた君の頭をぐいぐい押して、プリントを押し付けます。

Ｚの背中から顔を半分だけ出した君は、わたしを睨《にら》んでいました。いつも君がわたしを見てくる、あのやる気のない、静かな冷えびえとした目ではなく、なんだかぎらぎらと光って恐ろしげで、わたしを攻撃しようという意思すら感じる目でした。

「友達？」

さっきよりおだやかな表情になったＺがもう一度言いました。わたしは、曖昧に背いてしまいました。

「上がってけば」

Ｚは君の身体を引き剝がすと、目線でわたしにこっちに来るように促し、ドアを開け放したまま家の中に戻ってしまいました。

その場に残された君は、Ｚの口調そっくりに、「上がってけば」と言いました。

君の家は、今もよく覚えているけれど、わたしがなんとなく想像していたそれとは様子が違っていました。もっとごちゃごちゃしているイメージだったのに、物が少なくて、狭いのにがらんとしています。椅子やテーブルなども小さくて、両親と君とＺの四人家族が住んでいる家には見えませんでした。あちこちに何も書いていない段ボールの箱が積み上がっているのも不思議です。うっすらと煙草と、ミントみたいな芳香剤のにおいが漂っていて、その奥に微かに生ごみや汗のにおいも感じました。

途中だ、とそのとき思ったのを覚えています。何の途中なのかは分からないけれど、この家は途中だと。

風邪で休んでいたはずの君は、具合が悪そうな様子もなく、大きな部屋着を着て迷彩柄のクッションの上に座っていました。隣にもうひとつ部屋があるようでしたが、ドアはしっかりと閉じていました。Ｚはもうヘッドフォンをつけゲームをしています。テレビ画面の中では、ぎらぎらした派手な衣装を着たキャラクターが殴られたり蹴られたりし続けています。Ｚは小さく舌打ちしたり、ふっ、ふっ、と呼吸の音をさせながら、両手の指をせわしなく動かしゲームに没頭していました。

君はそのゆさゆさと動くZの背中に頭をくっつけたり寄りかかったりしながら、黙って立ちすくんでいるわたしを見ていました。表情はうつろで、ぼんやりしていて、油断しきっています。まるでそこに君はいなくて、脳味噌《のうみそ》が身体をくっつけているZの中にしまい込まれてしまったように。わたしを見ているけれど、あのささやかな挨拶のときのように、わたしと君の間に交わされる意思のようなものは何も感じられませんでした。抜け殻みたいに、ただ、壁を見るようにわたしを見ていた。あの目。あの目。

わたしはたぶん、あの時ショックを受けていたんだと思います。家の中の君が、外で見る君とぜんぜん違っていたから。外で見る君はいつも一人だったけれど、家での君はZにべったりと、幼児みたいにだらしなくくっついてぐにゃぐにゃしていました。だぼだぼのズボンから伸びた素足の足の裏は汚れていて、踵《かかと》が小さかった。いつも通りぺったりした髪の毛の頭を、何度もZの背中に擦りつけていました。鶏の名前の話をしていた君はあの時どこに行ってしまっていたんでしょう。あの上手な絵を描いていた君はどこに居たんでしょう。まるで別人に見えた。

わたしは耐えきれなくて、すぐに君の家を出ました。急いで自分の家に帰って、それから庭の犬小屋に行き、砂利の上で寝そべっているJに抱きつきました。

「制服、毛だらけになるぞー」

上から声がして、見上げると二階の窓からBが顔を突き出していました。わたしはBの顔を見るなりなぜか涙が溢《あふ》れてきてしまい、そのままぐずぐずと泣き出しました。Bはそれを見て慌てて下まで降りてきて、どうして泣いているのか、何があったのか優しい声で訊いてくれました。

わたしはBに嘘をつきたくなかった。けどどうしてこんな涙が出るのか、わたしにだって分からなかったのです。

日が経つにつれ、Bはますます遠くの知らない街へ行く準備をおおっぴらに進めるようになり、家の中でもその話ばかりするようになりました。わたしはますます不機嫌になり、Jの散歩をし、それでもむしゃくしゃした気持ちが収まらないときは、一人で川べりを歩いたり走ったりしていました。

君の家に行った日から、鳥小屋に近づくのはやめていました。君と廊下ですれ違っても挨拶の視線を交わすことをやめました。君にも腹を立てていた。なぜ怒っているのか、言葉にすることも考えをまとめることもできなかったけれど。でも、君に何かひどいことをされた気分にはなっていたんです。君はまったく、そんなことは知らなかったでしょうけど。

これだけ年月が経った今なら、あの時のわたしがどうして君に怒っていたのか、その理由が分かるかもしれないと思い、その気持ちを一生懸命思い出してみました。でも、やっぱり明確には分からないままです。なぜか君の汚れた踵ばかり浮かんできて困りました。子供時代とはいえ、自分の気持ちが自分で分からないというのは、奇妙なものですね。君もそんなことがあったんでしょうか？　わたしの知る限り、君は率直で、嘘は言わず、すべて心のままに生きているように見えました。

でもそんなに、わけが分からないくらい腹を立てていたのに、次に思い出すのは、やっぱりあの鳥小屋で君と会っている情景なのです。制服は、半袖のシャツになっていました。日差しが強くなり、森はますます美しく葉を輝かせるようになっていました。空が毎日青くて、風が気持ちよくて、そうなると暗い気持ちでい続けるのも難しくなります。わたしは単純なたちの人間です。Bのように明るく爽やかには振る舞えないけれど、根っこの部分が楽天家なのかもしれません。

君は毎日あそこでスケッチをしていたわけではないということを、あとで教えてくれましたね。でもわたしが鳥小屋に行くとき、君は必ずそこに居た。長期休暇の始まる直前、わたしはしばらく寄り付かなかったそこにふいに足を向けたのです。

君に会いに行くという意識はなかった。ごまかしや強がりじゃなくて、これは本当です。ただ自然と足が向いていたのです。そしてやっぱり、そこに君は居た。

それまでと違ったのは、君がスケッチブックを広げていなかったことです。

君はしゃがみこみ、金網に鼻をくっつけるようにして鳥小屋の中を見つめていました。

中には、鶏が眠るための（たぶん、そうなんでしょう）木箱がいくつか入っていて、まだ昼間なのに、そこにどっしりと座ったまま動かない雌鶏がいます。

「卵を温めてる」

君が言いました。

「雛《ひな》が生まれるの？」

わたしが言うと君は肯き、もうすぐだと思うと返しました。

「鶏の子供だ」

君はそんな風に言いました。

「ひよこか雛って言うんだよ」

「鶏の子供だって間違いじゃない」

「生まれたらどうなる？」

「ここで育つ。鶏に育てられて大きくなる」

座り込む雌鶏を見る君の目は輝いていた。わたしは一歩離れて鳥小屋を見回しました。あまり大きくはなく、今いる鶏だけでも手狭なように見えます。

そのとき、突然、君がわたしの名前を呼びました。

「えっ。何」

それは初めてのことだったので、わたしは焦って驚いて、変な声で答えてしまった記憶があります。でも君はそれを気にするふうでもなく、

「生まれてくるの、見る？」

と言いました。それから、

「生まれてくるの、一緒に、見る？」

と、言い直しました。

焦って驚いて、そのどきどきした心臓のまま、わたしは肯き、ゆっくりと君の隣にしゃがみこみました。

君の目は雛鶏だけに注がれています。わたしは肘と肘がつきそうなくらい近くに君がいることが不思議で、それから一瞬、あの君の家の中での君とZの姿が浮かび、消えかけていた怒りが足元から這《は》い上がってきました。

でもそれも、間近に感じる君の体温や息遣いが少しずつ押し戻していきます。

「あともう少しだと思う」

君の声は独り言めいていて、でもしっかりと熱を帯びていました。Bが遠い街の話をするときのように、大声でなくても、その喜びが滲《にじ》んでいました。

「今日はまだ生まれないの」

「たぶんね」

「明日から、休みだよ」

「校庭には入れる。毎日来られる」

「毎日来るの？」

君がせっかくの休みを、この鶏糞くさい鳥小屋の前でじっと座って過ごすつもりなのを理解して、わたしはちょっと肯いたことを後悔しました。

「見ないの？」

しかしその時やっと、君はわたしに顔を向けました。長く伸びていた前髪は、いつの間にか短くなっていました。よく見ると自分で適当に切ったようで、あちこちぎざぎざしていて不格好です。でも、君の目はよく見えました。それがわたしに向けられていました。ほんの数秒だったけれど、わたしにだけ。

「見るよ」

わたしがそう言うと、君はまた口の端をちょっとだけ上げて笑いました。

休暇の一日目、学校に行くのと変わらない時間に起きて、友達と遊びに行ってくる、と言うと、仕事に行く準備をしていた両親はとてもびっくりした顔をしました。確かに、わたしが休日に友達と遊ぶのは珍しい出来事です。Bはいつも友達に囲まれていたけれど、わたしはいつも一人でぶらぶら犬を散歩させたりぼんやりテレビを観ているのを、口には出さないけど心配していたのだと思います。

誰と遊ぶの、と訊かれたので、少しためらいましたが君の名前を告げました。両親は顔を見合わせ、それから、橋を渡るの？と訊いてきました。川向こうの街に出掛けるのかという意味です。私は頭を振り、学校の校庭で一緒に遊ぶと言いました。両親とも明らかにほっとした様子で、お昼ご飯は冷蔵庫にあるのでちゃんと時間になったら戻ってきて食べるようにと言って、私を見送ってくれました。

校庭では、すでに運動部の連中が私服のスポーツウェアで走り回っていました。わたしはそれを迂回《うかい》して、目立たないよう気をつけながら森の方角に向かいます。

実際、とくに気をつけなくても、わたしは目立たない存在でした。無口でお
となしいことが特徴になってしまった君よりもさらに目立たない、質量として
そこに存在しているだけの生徒です。もちろんそれは、自分でそうなるように
努力した結果です。Bのきょうだいであるということ以上には注目されず、変
人と言われない程度にはコミュニケーションをとる。わたしはあの町で透明で
いたかった。透明人間になって、自分は誰にも見つからないまま、他のみんな
を見ていたら面白いだろうなと思っていました。そしてその思惑は、ほとんど
成功していました。

鳥小屋の前には、当たり前のようにもう君の姿がありました。やはりZのお
下がりらしい大きな服の裾《すそ》をまくって、布のバッグを肩に掛けています。

「どう?」

「まだ」

隣にしゃがみこむと、昨日と同じ箱に、昨日と同じように雌鶏が座り込んで

いました。ふと気付くと、君は黙ったままもごもごと口を動かし、薄い頬が出っ張ったり引っ込んだりしています。微かに、人工的なレモンのにおいが鼻先をかすめました。

「何か食べてる？」

「キャンディ。欲しい？」

わたしが答える前に、君はバッグに手を突っ込んで黄色いセロハンに包まれたキャンディを渡してくれました。その日は朝から暑くて、セロハンを剝がそうとするとねっとりと溶けたキャンディの表面がへばりついていました。口に放り込むと、強烈な甘さと少しの酸っぱさと、作り物のレモンの芳香が頭の中をいっぱいにしました。

「生まれるのは一羽？」

「何個か温めてるはず」

たくさんの雛が孵《かえ》ったら、この鳥小屋は鶏でぎっしりと埋まってしまうでしょう。その様子を想像するのは少し楽しかったです。もちろん、わたしは鶏にも、生まれてくる小さい鶏にもほとんど興味はありませんでした。でもその年の休暇はそうやって過ごすことに決めたんです。

「絵は描かないの」

「道具を持ってきてない」

「美術クラブに入ればいいのに」

君は嫌そうな顔をしました。そういえば美術クラブには君をとくにまめにからかっている生徒がいるのを忘れていました。

「絵って何のために描くの」

素直な疑問でした。絵を描く人がどうしてそれをするのか。わたしは本当にその意味がつかめなかったのです。

「理由があって描いてるんじゃないから」

「何それ。理由なくやることなんてないよね」

「そっちは理由もなく人に質問するのに？」

わたしは黙りました。君を遠巻きに、集団でからかっている連中は、君と一度もこうして喋ったことがなかったのでしょうね。君は無口だけど、喋れば他人よりもうまくそれをやれた。

口の中でキャンディを転がしながら、しばらく黙って雛鶏を見つめていました。退屈な時間のはずだったけれど、その記憶はありません。

わたしたち二人の視線を受けている雛鶏は、何事にも動じない様子で、ただじっと座り込み、その腹の下で卵を温めていました。鶏の考えていることは分からない。しかし、何も考えていないはずがありません。同じ場所にひたすらじっと座っているなんて、生き物として不自然な行為のはずです。あの雛鶏はそれを、卵を温めるために行っている。だから何かは、考えているはず。わたしはそう思いました。動物の本能の話はそれまでにあちこちで聞いていたはずですが、奇妙にそのことは抜け落ちていました。本能という、勝手に押されて自動運転になるようなスイッチとシステムが生き物の身体の中にあるのを、信じていなかったのだと思います。君はどうですか。動物の本能というものを信じていましたか。

こっちもただ座っているだけなのに、どんどん汗が垂れてきます。生い茂る葉を通して差し込んでくる陽の光が青いシャツを着たわたしの背中を灼《や》いていきます。わたしはその日、気に入っていたシャツを着ていました。そのことに意味はありません。そう、その時は思っていました。何の意味もない、着ると少しだけ自分がよく見える気がする、洗いたてのきれいなシャツ。

君が身じろぎすると、その汗のにおいが少ししました。正直、ちょっと不愉快なにおいでした。君がまめに身体や髪を洗う人ではなさそうなのは、すでに気がついていました。君に囁《ささや》かれる陰口もそれをとりあげたものがありましたし。

でもわたしは顔を背けることも、距離を取ることもしませんでした。君から不愉快なにおいがするのが、なぜか嬉しい気がしたからです。おかしな話ですけど、あのときは本当にそう思ったのだからしかたがありません。君に気付かれないように、注意深く、深く息を吸い込むことすらした気がします。そのにおいも記憶の中に澱《おり》のように残っている。今、この瞬間、思い出し再生することができます。

わたしも汗をかいていたけれど、シャツに残る柔軟剤のにおいがある程度それを抑えていると感じました。ここで生まれたそのままのにおいを放っているのは、君と鶏です。それに土も、木も、草も。

半袖のシャツから出た君のむき出しの腕に、汗の粒が流れていました。それは肌の汚れを巻き込み、わずかに濁りながら地面にぽつりと落ちていきます。

わたしはなんとか、その汚れた汗をわたしのシャツに染み込ませられないだろうかと思いました。そうしなければいけない、というくらいに強烈に、突然に、その考えに取り憑《つ》かれてしまったのです。

君はすぐ近くに居ました。姿勢を変えるふりをしてちょっと動いてぶつかれば、君の腕はわたしの身体に当たる。今、そうすれば。

「あ」

君の口が小さな声をあげました。

「何」

わたしは、わたしがしようとしていたことを見透かされたのかと思って、鋭い声をあげました。君はしっと言って、鳥小屋の中を指差しました。

わずかに身じろぎをした雌鶏の腹の下から、チャイムのような高い音色の鳴き声と、細い、小さな、小さな鶏の足が覗《のぞ》いていました。

「生まれた」

鳥小屋で二羽のひよこが生まれたことは、小さな学校ではちょっとした話題になりました。と言っても休暇中なので、暇な運動部の部員がたまに鳥小屋を覗きに行くくらいです。

わたしと君は、君の言うところの鶏の子供が生まれてから、鳥小屋に行かなくなりました。そして、わたしの休暇の大半は、君の家の庭で使われることになりました。

わたしの家の半分以下くらいの広さの庭で、君とZがハンマーで釘を打つのを眺めています。そのすぐ近くに置いてある段ボール箱からは、チャイムのような高い音色の鳴き声が聞こえています。

鶏の子供は、本当は三羽生まれました。あのとき、卵の殻を割り、汚らしく濡れた羽根をへばりつかせた不気味な生き物が雌鶏の下から這い出ていくのを、君は一言も喋らずじっと見ていました。

「小さい」

どれくらい経ったか、羽根が乾いて見た目が変わり、不気味さが少し消えたころ、君はぽつりとそう言いました。そうだね、とわたしも返しました。

普段食べているようなあの鶏の卵の中に、あの生き物が入っていた。当たり前の知識として知っていたことでも、実際に眼の前で見るとそれは奇妙で、不思議で、理解ができないものに思えました。

鶏の子供たちは、生まれてすぐなのにもうじたばたと絶えず全身を動かしながら藁を敷いた箱の中で転がり、鳴き、小さい足やまだ羽根に見えない羽根を振り回しています。猫や犬は子供の身体を舐《な》めるけど、鶏はしないんだなと思いながらわたしはそれを見ていました。

すると突然君は立ち上がり、ポケットから出した金属のピンみたいなものであっという間に鳥小屋の鍵を開けると、中に入って鶏の子供のうちの一羽を掴んで布のバッグの中に入れてしまったのです。

「何してるの」

わたしはびっくりして、それしか言えませんでした。君はこともなげに、うちに連れて行く、と言って、さっさと歩きだしてしまいました。

わたしは慌てて君のあとについていき、そうして君の家の庭で、汗で身体をべたべたにしたまま、Zが鳥小屋を作るのを見つめています。

段ボール箱の中にはZが用意した古いタオルと、瓶の蓋をお皿代わりに水が入れてあります。餌はなくていいんだろうか、とはらはらした気持ちでいますが、それを君やZに言う気力がありませんでした。だって、君は学校から鶏の子供を盗んで、わたしはその一部始終を見たうえでこうして鳥小屋を作るのをぼんやり見てしまっているのですから。

「養鶏場のか」

慣れた手つきでハンマーを振るいながら、それまで何も喋らなかったZが口を開きました。君は頭を横に振り、学校の、と答えました。

「じゃあ、養鶏場のだな」

学校の鶏は、最初は町にある養鶏場からゆずってもらったものです。Zはそのことを言っているのだろうと推測しました。

養鶏場は、この町にある厄介な施設のひとつです。大人たちの話を繋ぎ合わせると、もともと川向こうの街の近くの山に建てる予定が、においの問題で反対運動が起こり、最終的にこの町に持ち込まれることになったのだそうです。

確かに、風向きによっては町が鶏糞のにおいに包まれるときがあります。けれど町の人間は大人も子供も誰もそれに文句を言ったり、反対したりはしませんでした。たまに酔っ払った老人が口汚くにおいを罵るくらいです。そういう、他の街から追い出されてきたものが、町にはいくつもありました。

Zはあっという間に、庭に放り出されていた角材や板切れで小さな小屋を作ってしまいました。

「しばらくは箱でいいだろ」

夜外に出しとくと死ぬ、と言いながら、Zは段ボール箱を足で日陰のほうに押しやりました。

「寒くても死ぬ。暑くても死ぬ。水無いと死ぬ。餌無くても死ぬ」

Zは君を見下ろしてそう言いました。君は黙って肯くと、立ち上がってZに抱きつきました。流れる汗が、Zの着ているよれよれの青いシャツに濃い染みを作っていきます。Zはもう小さい子供と言うには大きすぎるきょうだいに抱きつかれても、表情も変えずハンマーや釘を道具箱にしまっています。君はまた、外で見るような瞳の輝きを失い、とろんと脱力した顔で、邪魔そうに肘で押しのけられてもしつこくZにまとわりついていました。まるでそこにわたしなどいないように。

「冷蔵庫、ソーダ」

Zはわたしを見て言いました。わたしが意味を理解できなくてそのまま立っていると、持ってきて、お前らの分も、と付け加えられました。

家の中に戻り、キッチンに入ると、随分古くて小さな冷蔵庫がありました。わたしの家も四人家族でしたが、冷蔵庫は背丈より大きいです。君の家の冷蔵庫を開けると、中は缶入りの同じソーダが半分くらいを占めていました。他は瓶やチューブに入った調味料や、卵があるくらいです。わたしはソーダを三本取って、しっくりこない気持ちで庭に戻りました。この家にはZと君しか住んでいないのかもしれない、ということを、なぜかそのときは考えつきませんでした。

日陰の下でもぞもぞと動き、鳴き続ける鶏の子供を見ながら、三人で冷たいソーダを飲みました。その間も、君は身体のどこかを絶対にZの身体にくっつけていて、わたしをまるで無視しています。Zの身体からも、不愉快なにおいがしていました。君とそっくりなにおいでした。

正午を過ぎると生ぬるい風が吹いて、君のぎざぎざの前髪と、Ｚの長い髪を一緒に揺らしました。風に乗って鶏糞のにおいが流れてきます。この鶏の子供の遠い親戚たちがぎっしりとスーパーの棚のような場所に詰め込まれ、餌を与えられ卵を産み続ける場所です。昔一度学校で見学に行ったので、わたしはその光景をよく覚えていました。

ソーダを飲み終わるころ、Ｚは突然Ｂの名前を口にし、わたしにきょうだいかと訊いてきました。肯くと、Ｚはふん、と鼻を鳴らし、それからまた黙ってしまいました。

鶏の子供を見つめながらぴったりとくっついている君とＺをそのままにして、わたしは自分の家に帰りました。大きくてまだ新しい冷蔵庫の中に入っていたサンドイッチを食べ、シャワーを浴びて着替え、昼寝をし、アイスティーを飲み、Ｊを散歩に連れていきました。

それらをしながら、わたしの中でまた、君への怒りが甦《よみがえ》るのを感じていました。でもその怒りは前のものとそっくり同じではなく、怒ると同時に、泣きたいような気持ちにもなるのです。

わたしは次の日も、また次の日も、君の家に向かいました。Ｚもほとんど家に居ましたが、ゲームをしているか寝ているかのどちらかで、会話はほとんどしませんでした。

段ボール箱の中で、鶏の子供は日に日に大きく育っていきます。一週間もしないうちに、その姿はもうはっきりと、可愛いと言っていい、ふわふわのひよこになっていました。

「名前は？」

一緒に箱を覗き込みながら、わたしは君に訊きました。その日はＺがいなかったので、君は正気のまま、家の外で見る君のままでいてくれました。わたしは家からサンドイッチを持ち出し、君と半分に分けあい、ソーダを一緒に飲みました。なぜかそれが、ただそれだけのことが、とても楽しいこととして記憶に残っています。

「ないよ」

「飼ってるのに」

「鶏に名前はいらない」

「どうして飼おうとしたの」

一番訊きたいのはそれでした。鶏の子供はちゃんと世話をされているようだし、君を認識もしているようです。とても可愛いし、君はこのひよこをペットとして愛玩しているのだとわたしは思っていました。

でも君はわたしの質問には答えず、ただじっと、伏せた睫毛《まつげ》の向こうから名前のない鶏の子供を見つめているだけです。

「ねえ、なんで」

「理由なんてない」

「そんなわけあるか」

「あっても言わない」

「どうして？」

「言わなきゃいけない理由がないから」

そうしてまた、君は口の端をほんのちょっと上げます。

君は自分の感情を語ることがほとんど無かった。それはわたしも同じかもしれないけど、君が何をどう感じているのかがわたしに明示されることは、ほとんど無かった。

　わたしの心臓の下には、鳥小屋の敷き藁のように怒りの感情が常に撒かれているようになりました。同時に、その藁は涙でびしょびしょに湿っています。燃える怒りを、涙がすぐに消し、溢れる涙を、炎が乾かしていきます。ただ自分の家と君の家を往復しているだけなのに、だからわたしはとても疲れる毎日をおくっていました。夜眠るときも、なぜか今まで怖いと感じたことや恥ずかしいと思った記憶が急に頭の中に溢れてきて、わたしを寝かせてくれないのです。それに苛立っていると、疲労と眠気の森の向こうから君のあの、Zに脳味噌を吸い取られてしまったときのうつろな瞳が現れます。その瞳は空を覆い尽くすほど大きいのに、すこしもわたしを見ていません。ビー玉みたいな表面にわたしがはっきり映っているのに、わたしを見てはいないのです。わたしは強い怒りを感じ、それに手を伸ばそうとしますが、君の瞳は遠く、なかなか手は届きません。それでも何かを踏みしめて、どこかによじ登って、上がって、上がって、やっと生い茂る睫毛に手が触れそうになったとき、急に足や腰に力が入らなくなり、恥の記憶がどっと押し寄せ、わたしは声の出ない悲鳴をあげて、そして最後はなぜか、切なく甘ったるい気持ちに覆われ、手やあちこちを汚したまま、気を失うように眠りに落ちるのです。

休暇の間、Bはほとんど家に居ませんでした。学校の友達と旅行に行ったり遊びに行ったり、毎日忙しく飛び回っています。はっきりそうは言いませんでしたが、最後の思い出を作っているのだとわたしは思っていました。つまり、わたしたちを、わたしを捨てる準備のために、毎日楽しそうにしていたのです。

Bはいつも以上に上機嫌で、どこかに出掛けると必ずわたしにお土産を買ってきてくれました。お菓子だったり、ハンカチだったり、Tシャツだったりするときもありました。わたしは貰《もら》ったそれを、一つも開封せずに全部自分の部屋のベッドの下に押し込んでおきました。

Bが出掛けている間、両親が帰ってくるまで、家に居るときはわたしはほとんどBの部屋で過ごしていました。Bの部屋とわたしの部屋はまるで違います。壁一面を埋める本棚、フォトフレームに飾られている写真、ギター、知らない映画のポスター。

Ｂの学校のある川向こうの街には、小さいけれど映画館があります。小さなころは両親に連れられて、四人で子供向けの映画を何度か観に行きました。川向こうにはショッピングモールもあるし、レストランやカフェもあります。ここからただ橋を渡るだけで、まるで違う風景が広がっています。だから、そういうものが欲しければただ橋を渡ればいいのです。それより先、もっと遠くに行く必要なんてどうしてあるんだろう？　そのときのわたしは本気でそう思っていました。生まれたときからＢと一緒に居て、Ｂの考えることはなんでも分かっているつもりでしたが、どうしても理解できなかった。

物が多いけれど片付いているＢの部屋は、何かを手に取っても慎重に同じ場所に戻しておけば、いじったのはばれにくいと考えていました。わたしは興味のない本をぱらぱらめくったり、Ｂのベッドで昼寝をしたり、クローゼットを開けたりしました。

そのころはファッションのことが今以上によく分からなかったけれど、Ｂはおしゃれなほうだったと思います。背はまだわたしより少しだけ高く、たまに上着を借りると袖が少し長かったりしました。Bのクローゼットには、いつの間にか知らない服が増えていました。なんとなく一枚のシャツをハンガーごと取り出し、鏡の前で自分の身体に当ててみました。

「あ」

わたしはすぐに、手からそのシャツを取り落としました。震えながら、おばけでも見るみたいにその布を見下ろしました。それから何かの間違いだと思い、そっと拾い上げ、鼻を近づけ、それから、呻《うめ》いて、床に叩きつけました。Bのそのシャツからは、君の、そしてZのものと同じ汗のにおいがしました。

わたしは君の家に行くのを止めなかった。サンドイッチを持って、どんどん大きくなる鶏の子供を見ながら、君と二人で、またはZと三人で、ソーダを片手に黙りこくって時間を過ごしました。気温は次第に高くなり、君は鶏の子供が死なないように扇風機や氷を使って棲家《すみか》を冷やし、ほとんど下着姿に近いような格好で、汗ばんだ肌をZの身体に巻き付けていました。二人の汗は混じり合い、同じ不愉快なにおいを発し、それはわたしの身体にも染み込んでいくようでした。

Zが家に居ないときは、君はやはり元通りになり、たまに鶏の子供をスケッチすることもありました。君の前髪はまた伸び始め、うっとうしく額に垂れ下がり、目を隠します。でもそのほうが君らしい感じがした。

熱心に鉛筆を走らせる君に、わたしはBが遠くに行くことを話しました。当たり前のように君は興味がないらしく、相槌《あいづち》も打たずにただわたしの話を聞いています。

「凄《すご》く遠く。飛行機に乗るんだって。もう千回くらい聞いた。飛行機乗ったことある？」

君は頭を横に振りました。わたしもそのときは飛行機は未経験でした。

「遠くに行ったって、きっとここと変わらない」

わたしがそう言うと、君ははっきりと声を出して笑いました。

「何が可笑しいの」

「変わらないわけがない。場所が変わるんだよ。何もかも変わる。ここと同じ場所なんて、世界のどこを探しても無い」

いきなり知ったふうな口を利く君に腹が立ち、わたしはいつもならZが占拠しているソファに乱暴に腰を下ろしました。そこもZと君のにおいがしました。君はスケッチブックを閉じると、箱の中から鶏の子供を出しました。もう随分大きくなって、しっかり鶏の姿になってきています。箱もいつの間にか大きなものに変わっていました。

鶏の子供は、君におとなしく触られています。かくかくと首を小刻みに動かしながら、首や背中を君の指が撫《な》でるのを、気分良さそうに受け入れています。君の指は、とても優しい動きで、愛《いと》おしそうに鶏の子供に触れていました。

君が、そんな甘ったるいものを何かに向けるなんて思ってもいなかった。いつの間にか、わたしの知らないうちに、鶏の子供と君の間に深い信頼関係が生まれているのに、そのとき初めて気付きました。わたしもほとんど毎日鶏の子供の姿を見ているのに、今日まで君との関係の変化に気付かなかった。胸がじくじくと痛みました。また、怒りたくて泣きたい、あの感じが心臓の下から湧いてきます。なんとかしなければと思いました。この胸の痛みを抑えるために、わたしは君を攻撃しないといけないと思ったのです。

わたしは君に、Zは今日どこに行っているのか訊きました。君は知らないと返しました。

「よく分からないんだよね。あの人って何してるの？　仕事？　ほとんど家にいるみたいだけど」

「知ってどうするの」

「別に。気味が悪いと思っただけ」

そう言うと、君ははっきりと鼻で笑う音を出しました。

「なんだよ」

「そっちのきょうだいのほうが不気味だよ」

わたしの頭は一気に怒りに染まりました。Bが不気味？　Bに不気味なところなど一つもありません。何より、君にそんなことを言われるのは我慢ができなかった。

「何がだよ。取り消せ」

「どうして。不気味なものは不気味だよ」

「取り消せ」

「気持ち悪いよ。いつもにこにこしてるけど、あんなに笑ってばかりいるのは隠したいことがあるからだ」

「盗《と》られると思ってるからそんなこと言うんだろ」

そう言うと、君はゆっくりとわたしを振り向きました。

「何を盗られるって？」

わたしは唾液を飲み込みました。鶏の子供が、二、三度羽根をばたつかせました。

「何を盗られるって？」

君はもう一度言いました。

君はほとんど喋らないけど、それをすれば他の人間よりうまくやる。わたしの唇は熱を出したときみたいに勝手にぶるぶる震えて、言葉を紡げなくなりました。クッションからはみ出した君の素足。汚れた踵に擦り剝いている膝。いつもZの身体にぐんにゃりと絡みついているそれが、わたしの目の前に投げ出されています。

わたしは黙って立ち上がり、君の家を出ました。

帰り道を歩きながら、悔しくて涙が出てきました。君を殴りたいと思った。殴って、ひっぱたいて、肩や腕や足を摑んでむちゃくちゃに振り回してやりたいと思った。そのことで頭がいっぱいで、苦しくなって、道端に吐きました。その日はとても夕日がきれいで、わたしが吐き出したサンドイッチとソーダだったものが、オレンジとピンクと紫の光を受けてネオンみたいにきらきら輝いていたのを覚えています。その日一番目に焼き付いているのはそれ。光り輝く自分のげろです。

休暇が終わり、制服に袖を通し、わたしはまた学校に通う毎日に戻りました。君の家にはあれ以来行かなくなったし、Ｊの散歩もできるだけＢに押し付けるようになっていました。

Ｂのクローゼットにあったあのシャツは、わたしのベッドの下に押し込んでいました。Ｂはシャツが無くなったことに気付いているはずです。でもわたしには何も言わず、普段通り優しい笑顔で接してくれました。わたしはそれがほんとうに、ほんとうに辛《つら》くて、あのときわたしをなじって、シャツの在り処《か》を問い詰めたり怒ったりしてくれたらどれだけ良かったろうと今も思います。わたしに何を隠すことがあったんでしょう？　わたしがBの味方をしないはずがないのに。Bの中ではそうじゃなかった。

わたしは塞ぎがちになりました。そうなることで、わたしを目立たなくさせていたバリアが崩壊していくのを感じました。わたしは次第にそのバリアの隙間から、「Bのきょうだいのくせに出来の悪い、喋らない不気味なやつ」という黴《かび》が侵入し身体を覆い尽くしていくのを感じ取りましたが、気がついたときにはもう遅かった。一度その黴が繁殖を始めたら、もうわたし自身では消すことはできません。

あっという間に、誰かがわたしの名前を口にしただけで忍び笑いが広がるようになり、わたしの一挙手一投足は監視され、少しでもほころびや他と違うところが見つかれば、百倍にも千倍にも誇張され嘲笑されるようになりました。

流行の変化です。もう君をからかうのはクールではなくなった。新たなトレンドはわたしです。誰も指一本触れてはこない。乱暴なことも言われない。ただただ、鶏の羽根がこすれるような密やかな笑い声がわたしを取り囲むのです。

そんな日がしばらく続いた、冷たい雨の降る昼休み。誰にも見られないで昼食を食べられる場所を探して校内をこそこそ移動しているわたしに、君が声をかけてきました。

私は答えず、でも立ち止まってしまいました。悪意や嘲笑なく自分に向けられる声が久しぶりだったからです。

君は手招きをし、わたしを屋上に通じる階段の踊り場まで連れていきました。ドアは施錠されていて外に出ることはできないけれど、静かで、誰も通らず、身を隠すことのできる場所でした。なぜ君がこんな場所を知っているのか、訊く必要もありませんでしたね。君もその場所を必要としていたのだから。

君は何も挟んでいないただのパンとスナック菓子を持ってきていました。わたしは親に作ってもらったいつもの味のサンドイッチを食べました。冷え切った空気の中、わたしたちは静かにランチをとりました。何かの拍子に君の肘がわたしの腕に触れ、それがちょっと乱暴な当たり方だったから、わたしもお返しに同じように肘を当てると、君もまたやり返してきて、しばらくお互いの腕を押し合い、そして君は、ほとんど初めて、わたしの前で声を出して笑いました。

わたしは君を見つめました。

君も笑顔のまま、わたしを見つめてくれました。

わたしの人生で一番素晴らしい瞬間は、あのときです。君がそれを分かっていたか、それ以前に覚えていたかすら分からない。でも、あのときなんです。君がどう思っていようが、わたしは確かに、あのときに。


君とまた、鳥小屋で会うようになりました。日が落ちるのが早くなり、長居はできなくなったけれど、残りの二羽のひよこもすっかり立派な鶏になっていました。君の家の鶏の子供は相変わらず名無しだったけれど、やっぱり大きくなり、外の小屋で飼うようになり、君はときどきスケッチを見せてくれました。君のあとをついて歩いて、寒い日は膝に乗って猫のように丸まるんだと君は話しました。鶏の子供のことなら、君は普段より少し饒舌《じょうぜつ》になりました。スケッチは増えていき、君はそれを何枚かわたしにくれました。どの絵の中でも、鶏の子供の瞳はきらきら輝いていました。

君の家には行かなくなったし、君も来いとは言いませんでした。もうそれでいいと思った。Ｚと一緒に居るとき以外の君は私が感じる通りの君だったし、その君だけ見ていられればいいと思いました。ＢとＺがどこで何をしていても、もうかまわなかった。Ｂはわたしを捨てていくけれど、君は違う。君はこの町に居る。わたしの隣に居る。

もうからかいも忍び笑いも怖くはなくなりました。わたしたちは廊下ですれ違うたびに声を出して堂々と挨拶するようになり、一緒にランチを食べ、昼休みを踊り場で、ただお互いの肩に寄りかかって静かに過ごしました。わたしは幸せだった。はっきりと幸せだった。君はどうだったのかな。あのとき、訊けばよかったのかな。そうしたら、君は答えてくれたでしょうか。それともやはり、「どうしてそんなこと訊くの」と返してきたでしょうか。

コートを着るようになったころ、午後の授業中の教室が、小さくざわめきました。

何人かが窓から校庭を見ています。そこには、数台の車と、そこから降りてきた白いつなぎの服を着た人たちが立っていました。ただのつなぎではなく、頭まですっぽり覆い、ゴーグルとマスクを着けている姿です。

養鶏場で、鶏の病気が発生しました。それはとても恐ろしい病気で、あっという間に感染が広がってしまうので、飼育されていた鶏は全てガスで殺し、敷地に掘った穴に埋めたそうです。それから周囲の、外で鶏を飼っている家や施設を回って、検査をし、病気に感染していることが分かったら、同じように殺して埋める作業をその白いつなぎの人たちは行っていると、教師から説明がありました。

鳥小屋の鶏は、生まれたばかりの二羽も含め、全て殺され、森の奥に埋められました。

その日の放課後、わたしは君と一緒にほとんど走るようにして君の家に向かいました。

家の中は暗く、Zはいないようでした。わたしたちは急いで庭の鳥小屋から鶏の子供を家の中に入れ、鳥小屋にはビニールシートをかぶせて隠しました。

「誰か知ってる？　この子がいること」

鶏の子供を抱きかかえる君に訊くと、震えるように頭を横に振りながら、分からないと言いました。

「どうすればいい」

「家の中に入れておけば大丈夫だよ。ずっと家の中で飼ってたって言えば」

「誰かは絶対見てる。告げ口されたら終わり」

君の肩が震えていました。

「怖い」

そう君は言いました。君の口からそんな言葉が出てくるなんて、思いもしなかった。それを君の膝の上の、何も知らない、分からない顔をしている鶏の子供が言わせているのです。

「大丈夫。なんとかしよう。なんとかするよ」

今にも泣き出しそうな君の顔を見つめ、わたしは必死に言いました。どうすればいいかなんて、その時のわたしにも少しも分からなかった。でも君を安心させたかった。少しでも。

その気持ちが通じたのか、君は泣きそうになりながら少し笑って、「なんとかかって、どうするんだよ」と言いました。わたしも笑って、それから、思い切って、君の両肩に手を置きました。

　君は泣き笑いの表情のまま、首を傾《かし》げて、わたしを見つめました。長い前髪が揺れ、涙の膜の張った瞳がわたしをじっと見ているのがよく分かりました。わたしに助けを求めている。わたしを必要としている。君がわたしを見ている。君はわたしを見ていた。確かに見ていた。わたしはそのまま、君の身体を抱き寄せ、唇に口付けました。

　そして、唇と唇が触れ合った瞬間、胸の真ん中に強い衝撃を受け、私は背中から床に引っくり返りました。

「何?」

　引きつった君の声がしました。鶏の子供が君の腕の中で羽根をばたつかせていました。薄暗い部屋の中で、抜け落ちた羽根がひらひらと躍っていて、冗談みたいにきれいだったのを覚えています。

「何?」

　もう一度君は言いました。それは恐怖と、嫌悪と、侮蔑と、失望と、怒りと、悲しみの全てが入り混じった声でした。床に転がったまま君を見上げるわたしを、怯えた目が見ていました。

「ふざけるなよ」

震える君の声がそう言ったのを聞いて、わたしは起き上がり、自分の鞄を引っ掴んで、その場を逃げ出しました。

それから後のことは、あまりよく覚えていません。わたしは自分の家に帰り、誰もいない家の中、リビングで町役場に電話をかけました。用件と君の住所を伝え、二階の自分の部屋に上がり、電気もつけずに、窓を開けて君の家のある方角をじっと見ていました。

一時間もしないうちに、赤いテールランプが君の家の前に停まりました。

それから少しすると、それまで一度も聞いたことのないような、凄まじい人間の叫び声が夜の中に迸《ほとばし》るのを聞きました。

声に生命を乗せて全て絞り出したような、君の叫びでした。

わたしはもう一口冷たいコーヒーを飲み、また、君の名前を確認しています。

君は先月六月に、食品加工工場の冷凍庫で、鶏肉と一緒に凍りついた状態で発見されました。勤続二十年以上の真面目な職員で、事件と事故両方の捜査が行われているそうです。

あの日から君は学校に来なくなり、なぜかわたしへのからかいも無くなりました。そして、春になる前に、BとZが一緒にいなくなりました。

両親はパニックになり、捜索願いも出して、君の家に押しかけて行ったりとしばらく大変な騒ぎになったけれど、わたしは少なくとも事件であったり、Bが無理やり連れ去られたりしたのではないことを知っていました。わたしのベッドの下から、あのシャツだけが無くなっていたからです。

君はあの家に一人きりになり、少しして川向こうの街の遠縁に引き取られたという噂《うわさ》を聞きました。それからしばらくして空き家になった君の家に行ってみたけれど、他は何も変わっていないのに、庭の鳥小屋だけが無くなっていました。

わたしはBがいなくなり悲嘆に暮れる両親を慰め、真面目に毎日学校に通い、近くの街で進学し、それからBが行くはずだった遠い遠い街に引っ越し、以来帰っていません。

君の六月は凍った。わたしはこうして生きています。名前を見つけるまで、君のことを思い出すこともほとんどなかった。こんなことを言ったら君は傷つくでしょうか。傷ついた君の顔がどんな顔だったか、今やっと思い出しました。わたしは確かに君のその顔を見た。わたしは確かに、君のその顔を見たんです。君はつい先月凍ったけれど、わたしは三十年間、ずうっと凍りついていた気がします。君の叫び声。君の汗のにおい。全て凍りついていた気がします。でも偶然目に突き刺さった君の名前が、それを全て溶かし、わたしの耳はいま君の叫び声でいっぱいです。他にもう何も聞こえないくらい。あの夜に絞り出した君の命が耳の中で鳴っている。ずっとこのままでいてほしい。君がわたしにくれた、唯一のはっきりした答えだから。

ベイビー、イッツ・お東京さま

電話でされた説明とは違い、その現場は駅から一キロ近く離れた場所にあった。すぐ側《そば》を猛スピードでかっ飛ばしていくダンプや窓スモークワンボックスカーに恐怖しながら辿《たど》り着いた都道沿いの家電量販店の駐車場には、すでに見慣れた灰緑色の制服を着た白髪の老人が立っていた。まずい。

「すいません、今日入る大滝《おおたき》です。遅れました……」

「あぁ？　遅《おっそ》いよ！　早く裏行って着替えて！　早く！」

私と同じくらいの身長の小柄な老人は、甲高い声で叫んでライトセーバーを振り回した。その切っ先の示す「裏」に、急いで駆けていく。

『シマダ電機』というどっかで聞いたような名前の今回の現場は、明らかにバブル期に大量に建立された『スポーツアルペン』の上物に居抜きで入った店だった。でっかい三角形の看板が屋根に載っかっているのですぐ分かる。その三角部分に、センスのない字詰めとフォントででかでかと書かれた店のロゴ。その目立てばいいだろ的な真っ赤な文字からは、ここがただ安さだけを売りにしている雑な店というバイブスが感じられた。だだっ広い駐車場はあちこちアスファルトがえぐれててボコボコだし、店内もなんか全体的に小汚いし。やる気はないけど客だけは大量に呼びたいタイプの量販店。

「裏」に回ると、従業員用の駐車場と、ゴミ捨て場と、趣味の悪いオレンジ色に塗られた掘っ立て小屋のようなトイレがあった。店内に便所は無いらしい。荷物搬入用の大きなシャッターと並んでいる従業員以外お断りと書かれたドアを開けると、中はダンボール箱と陰鬱《いんうつ》な空気がみっちり詰まっていた。薄暗くて寒い。辛気臭いバックヤードだ。警備員の詰め所はどこだろう。専用の場所が無くても、たいてい従業員の休憩所とか、その隅っこを使わせてもらえるはずなんだけど。

「あっ」

うろうろしていると、どこかからオレンジ色の店名入りヤッケを着た眼鏡の女の人がやってきて、私を見ると小さく声をあげた。

「あの、ここ、従業員以外入れないんですけど」

「あ、いや、警備員なんです、駐車場の。着替える場所はどこでしょうか」

慌てて仕事用のバッグに入れてある警備会社の顔写真付きＩＤカードを見せると、女の人は眉間にシワを寄せたまま、

「いや、でも、従業員以外は入れないんです」

と、一本調子な声で繰り返した。

「ええと、じゃあ着替えはどこですれば」

「あー、表に、お手洗いがあるのでそこの個室でどうですか」

どうですかっつったって、イヤだと言ったら他の方法を検討してくれるのか？　一秒半ほど女の人を見つめてみたが、その、目の前にいる私に視線を向けているのに焦点は合わせていない顔は、たぶん検討してくれなそうだなと判断したので、諦《あきら》めて分かりましたと言った。

外に出る。便所はオレンジ色の壁に黒い汚いフリーハンドの文字で「TOILET」と書かれていて、その裏に回ると扉もない丸出しの男性用小便器ブースと個室

が一つずつ並んでいる。どこもかしこも毒々しいギラギラしたオレンジのペンキで塗りつぶされているが、建物も便器もけっこう古そうだ。コンクリ打ちの床はひび割れ、なぜかそこだけ雨が降ったようにべしゃべしゃに濡れている。消毒液と、それでも隠せないアンモニアの臭《にお》いもする。一瞬「帰る」というコマンドが浮かんだが、それを選択すればクビになり、早くて再来週の頭には住む場所を失《な》くし路頭に迷うことになる。それは避けたい。それはまだ避けたい。

意を決して個室のドアを開けた。

　和式だった。さすがに水洗だけど、狭く、便器を避けて着替えられるようなスペースはない。中に入るとアンモニアに重なりインドールとスカトールの……要するにウンコの臭いがもわっと襲いかかってきた。おそるおそる便器の中を覗《のぞ》くが、発信源はそこに残っていなかった。つまり、長年の使用で蓄積された「何か」がこの個室全体に染み渡っており、それが恒常的にウンコ臭を発しているのだ。それよりも最低なのは、ここも床がべっしゃべしゃに濡れていることだった。制服は長ズボン。私が今穿《は》いている私服も長ズボン。裾を床に一ミクロンも着けずに着替えるのは不可能と言っていい。首の後ろがビリビリした。もう一度「帰る」コマンドが浮かんだ。時間が経《た》っていく。どっちにしろあの老人は確実に私の遅刻と用意の遅さを社員に報告するだろう。また「帰る」コマンドが浮かぶ。

奥歯をぎゅっと噛《か》み締めて、扉の内側のフックにバッグを掛ける。まず今穿いているズボンの裾をできるだけたくしあげ、太ももの間に挟み込む。ボタンを外してチャックを下ろして、尻《しり》が出るくらいまで下ろす。親指をベルト通しにかけ、他の指で太ももに挟んだ裾部分を摑《つか》み、畳んだ提灯《ちょうちん》のようになったズボンをしっかりとホールドし脚を一本ずつ抜く。靴は脱ぎやすい、遠目には革靴に見えないこともないビニール合皮のスリッポンだ。肩をなるべく少ない面積壁につけて身体《からだ》を支え、右の靴を脱いで足を上げる。ズボンから抜けたらまた靴に突っ込み、もう片方も同じようにする。無事、下半身の脱衣が完了した。よーし、いい子だ。洋画のハッカーのように脳内で呟《つぶや》きながら、提灯状のズボンをそのままぐちゃっと丸め、バッグを開けて中に突っ込み、制服のズボンを取り出す。ぺらぺらの生地で、フロントの折り目も取れかかっている。それを脱いだズボンと同じようにたごめて提灯フォームにし、脚を通す。一本ずつ確実に。毛を生やしっぱなしの、剛毛でまだら模様が描かれている私の脚がカビの生えたパンのような色のズボンの中に潜り込んでいく。よーしよしよし。あとはウエストまで思い切りズボンを引き上げ、裾を下ろすだけだ。そのとき、慎重に作業していたせいでついふーっとため息を吐《つ》き、その反動で深く息を吸い込んでしまう。ウンコ臭が鼻腔《びこう》にダイレクトアタックしてきて、オエッとえずく。手を離してしまう。裾がずるんと下がり、びちゃっと、濡れた床に着く。

駐車場の警備員は何の資格がなくてもできる、警備仕事の中でも一番カンタンな業務だ。面接のときにそう聞いた。でもそれは嘘だ。駐車場警備員はカンタンではない。この半年で十回以上轢《ひ》かれかけ、その四倍くらい怒鳴られ、三回痴漢にあった（内訳：尻二回乳一回）。十分タフな仕事だと思う。女の警備員は少ない。しかも私のような、小さめの相撲取りみたいな体格の女の警備員はまずいない。珍しがられる。からかわれる。でもやる。日給八千円と交通費まで出て、即採用の連絡をくれたのがこの会社しかなかったからだ。居酒屋も、焼肉屋も、パン屋も、レストランも、喫茶店も、ラーメン屋も、そば屋も、洋食屋も、まかないが出そうなバイトは全部落ちた。ヴィレヴァンとか本屋とかやってみたかった仕事も全部落ちた。だからこのぜんぜんおもろくなくてしんどい仕事を、手放せない。

何の権威も威厳も権限もないのにあたかもそういうものがあると見せかけるための、警察と軍隊の制服のいかついところをちょっとずつ採用したようなデザインの制服を着込んだ私は、似合わないコスプレをしているだっせぇオタクそのものだ。何の意味もないワッペン、何の意味もない肩章、何の意味もないダブルのボタン。唯一仕事道具として意味を持っている真っ赤なシスのライトセーバー（正式名称は知らない。あの赤くて光る棒）だけが、業務中虚無墜落症候群から私を引き上げてくれる。

隣のジジイ（老人から格下げだ）がネチネチと私の遅刻に対して嫌味を言い続けている間も、ゾロ目ナンバーの黒いワンボックスカーをビビりながら誘導しているときも、意識はずっと濡れた裾に引っかかっていた。世界で一番汚いズボンを穿いている気がしてくる。帰ったら即洗濯しないとだけど、明日もたぶん仕事だ。替えはないから生乾きで穿くしかない。このサイズのデブ用ズボンは、会社に一着しかなかったのだ。

薄曇りの空を見上げる。東京には空がないというが、ここの空はがらんと広い。たぶん二十三区外だから。まっすぐ伸びる広い都道は日本中の田舎の国道沿いと同じ景色をしている。紳士服のＡＯＫＩ、びっくりドンキー、すき家、眼鏡市場、ガソリンスタンド、ツルハドラッグ、洋服の青山、松屋、ラーメン山岡家、ワークマン、ＡＢＣマート、なぜかまた眼鏡市場、ＧＥＯ……どこまでも続くチェーン店の花道。

「おい、休憩」

ジジイが突然言う。主語と述語のない横柄きわまりない、ジジイ語とでも言うべきこの喋り方。俺とお前は同僚だろうが。イーブンだろうが。敬語使えとは言わないが普通に喋れねえのか。

「はあ」

わざとらしく「何も分からない若者」の顔をして首を傾《かし》げると、ジジイはさらにイライラとライトセーバーをしゃくって、

「休憩先行ってきて。昼だから」

「あー。っす」

顎《あご》を突き出すやる気のない会釈をして、速攻持ち場を離れる。荷物を置く場所が見つからなかったのでゴミ捨て場の裏に隠しておいたバッグから財布と携帯と黒いジャンパーを出して、帽子とライトセーバーをその上に置いて歩き出す。初めての現場だから弁当は持ってこなかったけど、正解だった。間違いなく便所かゴミ捨て場の横で食うしかなかった。幸いすぐ近くに松屋があるし、豚めし並二百九十円味噌汁《みそしる》付きで昼飯が済む。松屋は好きだ。食券制なのがいい。喋らなくていいので好き。客がだいたい独りなのが好き。

しかし、その松屋はいつもと勝手が違っていた。店が広くて、天井が高くて、テーブル席がある。そこで親子連れがカレーや定食を和気あいあいと食っている。他の客も同僚グループやカップルとかで、独りで背中を丸めて豚めしをかっこんでいる奴《やつ》がいない。頭の隅に、ふっと懐かしの「吉野家コピペ」が浮かんで、消えた。

食券を買ってカウンターの一番端に座る。客はみんな、お子さんですら襟のついたキチンとした服を着ていて、よれたジャンパーと便所水ズボンの薄汚い格好をしている人間は私しかいない。みんななぜ斜向《はすむ》かいのガストでなくここで食ってるんだ。小1時間問い詰めたい。縮こまり、黙って食券を出し、携帯をぱかっと開いて見るともなしにメールを見たりする。メールで遣《や》り取りしている相手は二人しかいないので、取っておいてあるメッセージは十通もない。四通目まで読んだところで豚めしが来た。

テンションが上がる。今日の朝食兼昼食だ。あったかい飯。紅生姜《べにしょうが》を肉が見えなくなるくらい載せて、上にちょろっと醬油《しょうゆ》を垂らして、食う。二口に一回のリズムで味噌汁を飲み、流れるように食い続ける。うまい。松屋は断然、豚めし。チープな米と塩辛い味噌汁には、牛より豚のシンプルな味が合う。甘辛い豚と紅生姜のすっぱさが疲れた身体に染み渡る。米の最後の一粒まできれいに食う。箸《はし》を置く。水を飲む。紙ナプキンで口を拭《ぬぐ》う。壁の時計を見ると、入店からきっちり十分経っていた。

ファストフードに長居は無用。黙って席を立ち店を出る。あと四十五分、どこかで時間を潰《つぶ》さないといけない。コーヒーが飲みたかったけど、ガストに行くと一日の予算をオーバーしてしまう。しかたないので、歩道をぶらぶら歩き始めた。

　警備員の仕事は週に三、四日シフトが入っている。そのうち二日はもう四ヶ月くらい通っている固定の現場で、その他はイレギュラーに都内のあちこちに派遣される。大塚とか水道橋とか比較的近場な時もあれば、青梅とか小平とか八王子とか片道一時間以上かかる現場に行かされることもある。現場によっては五時起きとかしなきゃいけないので、正直めんどい。縁もゆかりもない土地にいきなり放り込まれるのは、ちょっとだけ面白いけど。

　ここらへんも、仕事がなきゃ一生来ることはなかったはず。チェーン店の裏には民家が並んでいて、そのさらに奥には工場っぽいでっかい無骨な建物が建っている。遠出して見るようなものどころか駅前にもなんにもなくて、何より酒を飲む店がほとんど見当たらない。ここは車で通り過ぎて行く街、家で飲む街なんだ。つまり田舎だ。東京なのに。東京に田舎があることを、上京して初めて認識した。今住んでるとこなんて近所にコイン精米機まである。一応二十三区内なのに。新宿や渋谷は、本当に新宿や渋谷にしかない。

　腕時計を見る。あと三十五分。どこかに座りたくなってきた。これからまだ五時間以上立ちっぱなしでないといけないから、なるべく足は休めたい。きょろきょろしながら歩いていると、ワークマンの裏手に潰れた商店みたいな建物を見つけた。シャッターの前に丸椅子がひとつ置いてある。近付くと錆《さび》だらけの「塩」の看板が軒下にぶら下がっていた。丸椅子の足元にはでかい黄桃の空き缶があり、中に吸い殻と水が入っている。ありがたく椅子に腰を下ろし、ポケットからマイセンを取り出し火を点ける。

四車線の大きな都道から一本奥に入っただけで、世界は急に静かになった。道を挟んだ目の前は十坪くらいの小さい畑で、じゃがいもの葉とキャベツと絹さやの支柱が並んでいる。小さいころ、じゃがいもの花が好きだったのを思い出す。淡い紫色で小さくて、花同士が手を繋《つな》いでいるように丸く連なって咲いていて、外国の絵本に出てくるような繊細できれいな花。時期になると畑に行って飽きずに眺めていた。こっそり一輪だけ摘んで、髪に挿してうっとりしていた。自然は別に嫌いじゃなかったな。花も緑も川も土も、嫌いじゃなかった。

左手のほうから、あの老人用ガジェット付き手押し車（正式名称は知らない）を押したお婆さんが歩いてきた。じゃがいもの花のような薄紫のスモークが掛かったサングラスの奥の目が、「誰だこいつ」を滲ませながら私をじろりと一《いち》瞥《べつ》する。知り合いに会ったみたいににっこり笑って会釈してやる。目が逸《そ》れる。勝ったぜ。お婆さんがそのまま都道を渡った向かいにあるパチンコ屋に吸い込まれていくのを観察し終えると、ちょうど休憩を切り上げるいい時間になった。

「遅《おっそ》いよ！」

しかし、戻った瞬間、クソジジイ（ジジイから格下げだ）から怒声を浴びせられた。

「えっ、でも、十二時二十分に出て、今十五分……十八分ですけど」

「ああそう一時間丸々昼飯に使ったわけね。じゃあ、あんたもう今から小休憩無いから。六時までずっと立哨《りっしょう》だから」

「は？　いや、そんなの聞いてないですけど事前に」

「常識だろそんなの。契約は八時間仕事、一時間休憩。一時間休憩使っちゃったんだからもうナシだよ。そういう約束で給料貰ってんだから。給料泥棒するつもり？」

ハッ、と鼻くそが飛びそうな勢いで鼻で笑ってから、クソジジイは帽子を脱いで休憩に行ってしまった。

「バーカ。奴隷」

前を走る車の音にかき消されるくらいの声で言ってやる。KG（クソジジイといちいち五文字も使うのがだるくなってきた）の言っていることは正しい。しかし糞喰《クソく》らえだ。どこの現場だって昼飯は一時間フルで休憩し、それプラス便所休憩や煙草休憩を十分か十五分、交代で取ってる。それが最低限人間らしい働き方ってやつだろう。そもそも、労働者というのは可能な限りサボることに全能力を傾けるべきだ。いかにして雇い主から一円でも多く働かずに金を引っ張るかを考えるのが正しい労働者だ。そうじゃねえ奴は、奴隷だ。鎖自慢をするような奴と組まされるなんて、とことん今日はついてない。

溜息ついて俯《うつむ》くと、頭の中で、ぶつん、と音がした。そうだ。いつまでも腐ってちゃいけない。とにかく食うために、生きていくためには働かないといけないんだもんね。

仕事が終わると、タイムカード代わりに携帯で本部に一報入れることになっている。『明日も同じ現場行けますか』と言われたので、ぜってーやだと思いながら『いいっすよ』と返した。振り向くと、KGが堂々とブリーフ一丁になってゴミ捨て場の横で着替えている。私はそれをなるべく視界に入れないように努力しながら自分の荷物を取り、ネクタイと帽子を外してジャンパーを着てそのまま帰ることにした。明日は家から制服着て出てこよう。

日が短くなってきている。うっすら肌寒いし、もう秋なんだ。辺りは真っ暗だった。しかしチェーン店の看板たちが煌々《こうこう》と輝き、都道を照らし出している。上空から見たらきっと『ダイ・ハード2』のクライマックスみたいで、凄《すご》くきれいだろう。立ちっぱなしのまま、これから相当歩いて駅まで行かなきゃならないのはうんざりだけど、気持ちは浮き立っていた。今日は土曜日。土曜日のこういう郊外なら、あれが買えるかもしれない。

途中、ドラッグストアやコンビニを見つけるたびに中に入り、三軒目の小さいスーパーみたいな店でやっと目当てのものを見つけた。早売りのWJ《週刊少年ジャンプ》。二百四十円払って、飛び跳ねたくなるような気持ちでだいじにバッグに仕舞う。これのために生きてる。今週もこれを買えた。ありがとう人生。私、生きてる。

帰宅ラッシュにのまれて一秒も座れないまま部屋に帰る。私鉄の駅から徒歩五分、商店街にほど近く、病院・スーパー・コンビニもすぐ側にある、とっても立地のいい、築四十年オーバーの薄汚いシェアハウスが今の住まい。トランク一つだけの浪漫飛行な荷物で越してきて、そろそろ一年になる。

古い外壁に明るい水色の塗料を塗って無理やり〝フレッシュ〟感を出そうとしている建物は、今日の現場のオレンジ便所に似ている。金属のプレートに仰々しく書かれた「カーサ・デ・プレシャスハウスII」というスペイン語と英語がごっちゃになった頭の悪い名前が恥ずかしい。カーサとハウスで「家」がカブってるし。入り口はナンバーロックになっていて、八桁もある番号を毎回入力しないといけない。覚えるのに二ヶ月かかった。数字は苦手だ。

ドアを開けると、いつもどおり玄関は湿っぽく、雨の日の体育館の入り口のように他人の靴の臭いが充満している。奥にあるドアの向こうは共同のキッチンとリビングだが、共有の冷蔵庫は絶対に食べ物を盗まれる仕組みになっているので、みんなモヤシとか卵とか安い食材しか入れなくなった。それでも盗まれる。仕方ないから盗み返す。誰かが補充する。盗まれ、盗み返す。次第に他人の食料を盗み、さらに自分の物が盗まれることが自然になっていく。たまに羽振りのいい奴がチーズとか入れていく。みんなでありがたく盗む。もはやこれは共有財産だ。コソ泥から生まれた原始共産制が、冷蔵庫の中で発展している。

私の部屋は四階で、エレベーターはない。常に薄暗い廊下と階段は病院みたいなリノリウム張りで、たぶん改装前は歯医者とかが入ってる雑居ビルだったんだと思う。大きくはない建物だけど、住人は全部で四十人くらいいる。ほとんどの人は顔も知らない。廊下やリビングですれ違う顔ぶれを見ると、二十代の若者が大半だけどたまに同じアラサーくらいの人もいる。法律とか大丈夫なのか不安になるくらい狭く区切られた部屋に、みんな蜂《はち》の子のように収まって暮らしている。シェアハウスというか、タコ部屋とか漫画の無い漫画喫茶みたいな感じ。壁の薄さも漫喫とどっこい。隣人の屁の音もクリアに聞こえる。

えっちらおっちら階段を上がり、四階一番奥の412号室がマイルーム。面積は約三畳。これでもまだ広い部類。どの部屋もベッドと小さい机と椅子とカラーボックスが標準装備になっている。水道光熱費とWi-Fiは家賃に含まれてるけど、使い過ぎると超過料金を取られる。敷礼なし、シャワー室トイレキッチン冷蔵庫共用。便所にいたっては男女共用で、床が常にクソ男どもの溢れ小便でビッチャビチャになっている。家賃六万二千円。安いと取るか高いと取るか。しかし保証人もなければ職もない私を入居させてくれたのは、この偉大なカーサ・デ・プレシャスハウスⅡしかなかった。そんなんばっかりだな。仕事も住む場所も、ほかに行き場がないから、最後の選択肢にしがみついてる。

部屋の床は大量の服と本と空ペットボトルとその他のゴミが埋め尽くしている。まずは服を脱いで洗濯物用の百均カゴに入れ、下着姿でベッドに座りいそいそとバッグを開けてWJを取り出し、『聖☆忍者学園』のページを開く。今週は夏に出るゲームの情報も載ってる。胸が高鳴る。

『聖☆忍者学園』はWJに連載されている鮭《さけ》とば眞《まこと》先生の作品で、日本各地にある忍者養成学校が舞台のコメディ寄りバトル漫画だ。アニメ化もされている。私は主人公である水引烟《みずひきけむり》が在籍している聖忍者学園の上忍コース体術教官の剛《ごう》力薫《りきかおる》と英語教官のアダム・鷹崎《たかさき》・サマーランドのカップリングで同人活動している。アダム×剛力、略してアダ剛。脇役同士のカップリングなのでオンリーイベントでも十サークルあるかないか程度の人気だけど、本誌が「魔導の闇忍編」に入ってから教師組の出番が増えてきたので、だんだんピクシブにイラストをあげたりする人も見かけるようになった。私は小説しか書けないけど、ブログに毎日のようにアダ剛ネタや日記をアップしているので最近読者も増えてきた。明るくて誰とでも仲良くなれて器用で美形のアダムと、仏頂面で堅物で教師になるまで山奥の里から出たことがなかった薫は物語の最初では犬猿の仲だったけど、回を重ねるごとになぜか距離が近付いていって、単行本七巻の描き下ろしおまけ「聖忍者コンビニ」で唐突に「部屋着で一緒にコンビニに買い物に来る」というカップル扱いをされた。私はこれで完全にアダ剛にハマって、紙の本は出してないけどＳＳ《ショートストーリー》をもう二十本以上アップしている。本編をもう二回、情報ページを五回くらい眺め回してからノートパソコンを立ち上げ、自分のブログにログインして「記事を書く」「カテゴリ：雑記」を選ぶ。

『どうもこんばんは、仕事帰りに無事早売りＷＪゲット→無事死亡のコンボをキメたチェス納豆です。以下早バレNGの人はご注意ください！↓↓↓　いやー思い起こせば今年の正月、ゲーム化の報《しら》せを聞いた時には正直半分諦めてました。同里のみなさんも一緒ですよね！　せーの、／どうせ教師組は出ないんでしょー?!／ハイ、我らマイナーアダ剛之里。分かってますとも。わきまえてますとも。でも……でも……でも、出るんですよ！　かおるんもアダ様も出る！　確定です！　ついに拙者たちがメジャーカプになる日が……？　ていうか立ち絵のあのかおるんの笑顔！　見ました?!　やばい！　本誌でも見られないような笑顔！（コラ）さ、差分とかあるんですかね？（差分とか言うなエロゲーオタクめ）ていうか舞台がハワイ、まさかのワイハ！　あるんですかね……ホラ、あれですよ……あの……水着……！　今まで鉄壁の芋ジャーに護られていた我らが剛力薫のボディが、まさかのゲームで開チンされてしまうのか……?!　これは由々しき事態でござるよ……由々し杉警報発令……！　サテ、ここで問題です。喜びいさんで盛り上がりマクリスティなチェス納豆さんは現在ニ◯テ◯ドーDSをA.持っている　B.持っていない　C.今から作る　どれでしょう？　正解者には越◯製菓をプレゼント！　……ハァーッ……どうしよう、仕事増やすしかないですか……？（以下、拍手のお返事です。反転して読んでください）』

一気に打ち込んでアップし、ふーっと一息つく。ずっとニヤニヤしているのでほっぺたが痛い。早く今書いてる続き物の小説も書き上げないと。アダ剛のことを考えてる時だけ、頭の中の霧が晴れてピントが全《すべ》て合って視界がクリアになる気がする。疲労も眠さも嫌なことも、二人の関係を考えているとすっと消えて無くなる気がする。

一通りアダ剛ブクマを巡回し、気力が上がってくると腹が減ってきた。そろそろズボンを穿いて洗濯室に行かないと。夕飯はうどんと納豆にしよう。

バットマンとスーパーマンが同じ世界に生息しているヒーローだというのを知ったのは、高校生のときだった。映画の『バットマン＆ロビン　Mr.フリーズの逆襲』にハマって、インターネットもほぼ普及してないど田舎で必死にアメコミ情報を漁《あさ》り始めたのがきっかけ。Mr.フリーズ、大不評で大コケしてるのをしばらく後に知ってびっくりしたけど。あのころは他人の映画の感想とか評価とか、ましてや海外での興行収入なんてすぐには分からなかった。当時はたぶんアメコミがちょっとブームになってて、映画雑誌や音楽誌にちょこちょこアメコミの話が載ってて、あと専門誌も高いけど出てた。そこでバットマンの暮らす治安最悪の悪徳の都ゴッサム・シティと、スーパーマンが暮らす光り輝く大都会メトロポリスが湾を挟んだくらいの近い位置にあるのを知り、思った。なんでゴッサムの住人、特に一般ピープルは、あんな毎日怪人が大暴れしてる暗くて怖くて汚いゴッサムから逃げて、快適で安全そうなメトロポリスに引っ越さないんだろう、と。

　高校卒業から十年経ち、私はいま世田谷区に聳《そび》えるタワマン付属の立体駐車場で、真珠色に光り輝く平べったいベンツのオープンカーを誘導している。『古池や　レクサス以外は　みな外車』。世田谷を俳句で表すとこうだ。この駐車場はもちろん、そのへんの道ですら軽自動車をめったに見ない。軽トラなんて一度も見てない。電車に小一時間乗っただけで、同じ東京なのにこんなに景色が違う。カーサ・デ・プレシャスハウスⅡのある板橋区は軽自動車とブラックライト&ウーハーを搭載したヤンキー車の世界だ。たまに見る外車は全員ヤクザだ。たぶん。

板橋区から世田谷区に引っ越すのが容易でないように、ゴッサム・シティからメトロポリスに引っ越すのも簡単な話じゃないんだろう。一生に一度の大勝負をしないといけないはずだ。栃木県から東京都に引っ越すくらいの大勝負を。

ベンツから女の人が降り、我々駐車場警備員になんて一瞥も寄越さずにマンションエントランスのほうへ颯爽《さっそう》と歩き去っていく。これがまた漫画か？みたいな、皿みたいにでけえサングラスとシャネルのスーツを装備していて、弁当も入らなそうなちっちゃいバッグを細い指でぶら下げている。通り過ぎた風に香水のいい匂いが混じっていた。

「知ってる？　あれさあ、プロ野球選手のワイフなんだよ」

スガタさんがぜんぜん小声じゃない小声で耳打ちしてくる。嫁でも女房でもなく「ワイフ」という言葉のチョイスに滲むしたたるような昭和フレーバーそのものの、六十代半ばの警備員だ。若いころ柔道の選手だったというがっちりずんぐりした体軀《たいく》と胡麻塩《ごましお》頭は、こち亀の両さんを想起させる。

「すごいっすね」

「まいんちダンナの金で遊び放題だよ。たまんねえよなあ」

「すごいっすね」

スガタさんの話には、だいたいこのワードを返しておけば会話になる。絵に描いたようなデリカシーのないガハハオヤジだが、一人で勝手に喋っているのでコミュニケーションコストは低くて済む。

この立体駐車場はレギュラーの現場だ。出入り口から入ってきた車を金属の巨大なターンテーブルに載せ90度回転させ、タワーの中のケージに頭から入れてもらい、番号札を手渡す。車を出すときはバックを誘導しターンテーブルにぴったり載せ、出入り口に向けて90度回転させて、車体のケツが見えなくなるまで深々とお辞儀してお見送りする。ケージは二機あり、警備員は常に三人体制。私はスガタさんと、もう一人オシオさんという四十代くらいの人と組むことが多い。

「キラリちゃんもプロ野球選手と結婚したらいいんだよ。そしたらベンツでまいんちバッコシだよ」

「すごいっすね」

「デブ専とかブス専とか特殊な趣味の選手だっているかもしんないしさ。ここで働いてたら見初められっかもよ?」

「すごいっすね」

他に何を言えっていうんだ、こんな話。

そうこうしているうちに、通りからベージュ色のフォルクスワーゲン・ビートルが入ってきた。首筋の後ろがちりっとする。

「ほら、誘導行かないと」

スガタさんに促され、ライトセーバー片手に駆け寄る。

「オーライオーライオーラーーーーーーイはいィ、ストップです!」

車内に聞こえるようにでかい声を張り上げて、ターンテーブルにビートルを載せる。すかさずスガタさんが回転させ、ケージのシャッターを開ける。流れ作業。

駐車が終わると、ベージュの車の中からベージュ色のかたまりが降りてきた。

生成《きな》りの麻のだぼっとしたチュニックに同じ色の麻のワイドパンツとストール、眉だけ丁寧に描かれたノーメイクの血色のいい顔に月二回は美容院に行ってそうなきれいなショートカット、ビルケンシュトックのサンダルにエコバッグからはみ出す巨大なフランスパン。マンション住人のエコダさんだ。

「こんにちはっ！　今日もお疲れさまっ！」

ぱたぱたとサンダルを鳴らしながら、エコダさんは私に近付いてきた。

「お疲れ様す」

「うんっ、今日もがんばってるねっ！　あなたのその笑顔見ると、ワタシも元気出ちゃうんだなあっ」

エコダさんは今日は一人らしかった。たまに眼鏡ヒゲロン毛デニムシャツ麻チョッキエンジニアブーツの旦那を助手席に乗せていることがある。旦那は無表情だが、エコダさんは笑顔以外の顔を見たことがない。なぜか私のことを気に入っているらしく、会うたびにテンション高く声を掛けてくる。

「今日も夜までお仕事なの？」

「ハイ、そっす」

「大変だあァ……。ほんと、偉いよねっ。感心しちゃう。あっ、そうだっ。よかったらこれ、飲んで？」

エコダさんはエコバッグをがさごそやると、輸入品ぽい紙パッケージの、ヤクルトくらいの大きさのジュースをくれた。たぶんヤクルトの二十倍くらいの値段しそう。

「いつも、すみません」

「いいのいいのっ、気にしないで！　これ、すっごく美味《おい》しくて最近のお気に入りなのっ。オーガニックで安全だし。休憩のときに飲んでね。おじさんたちにはナイショよっ？」

ぱちんと上手なウインクをして、エコダさんは手を振りながらエントランスのほうへ去っていく。そのケツが見えなくなるまで、私は深々とお辞儀をする。

いい人なんだろう。いや、いい人なんだ。間違いなく。「女性の少ない職場で頑張って働いている田舎から出てきた素朴な女の子」を応援してくれている。優しくて、明るくて、気さくで気前が良くて、環境にも気をくばっていて、とてもいい人だ。間違いない。差し入れだってありがたい。本当に、本当に優しい人だ。

なのにどうして、毎回こんなに、ぶん殴りたい気持ちになるんだろう。

また、ぶつん、と頭の中で音がしたので、やくたいもないことを考えるのをやめて、私は真面目《まじめ》な警備員の顔に戻った。


三角形の土地というのは風水的に良くないと、何か（たぶん母親が昔ハマってたドクター・コパの本）で読んだことがある。部屋に一つだけある小さい窓を開けると、目の前に三角形の土地が広がっている。このへんはカーサ・デ・プレシャスハウスⅡを含む三つのビルが背中合わせに建っていて、その隙間《すきま》が、無意味にぽっかりと三角形に開《ひら》けているのだ。地面はアスファルトが打ってあるけど、ただそれだけで、がらんと空き地になっている。ほかの二つの建物は両方とも店とか会社が入っている雑居ビルで、夜は明かりもまばらで、エアコンの室外機と暗い窓だけが視界を覆う。アスファルトの上には三つの建物の窓から放り投げられた煙草の吸い殻やゴミが散らばっていて、誰かが掃除するシステムにはなっていないようなのでずっとそのままになっている。たまに大学生が青姦《あおかん》するために入り込んでくるが、たいていうちの二階に住んでる中国人の人に怒鳴られて逃げ去っていく。なので使いそびれて放り投げられたコンドームも、砂浜のくらげのように散らばっている。

私は窓辺にじゃがりこの容器を二つと煙草とライターを並べ、最近の日課であるゴミ見酒を楽しんでいた。じゃがりこ容器の片方は中身入りで、もう片方にはコップ代わりにトップバリュの甲類焼酎が注いである。カリカリの美味しいじゃがりこをつまみに焼酎を飲む、憩いのひととき。贅沢《ぜいたく》な時間。気分を盛り上げるためにiPodにミニスピーカーを繋げて薄く音楽を流す。今日はエイフェックス・ツインの『Richard D. James Album』。

東京でエレクトロミュージックを聴いて暮らすのは、高校生のときからの長い夢だった。今それが実現している。喩《たと》えようもなく都会的で、全身で東京を感じる。充実感のあまり涙ぐみそうになる。

リズムに身体を揺らしながら、酒を啜《すす》る。二十五度のうまみも何もない焼酎が、疲労とか漠然とした不安や焦りの角を丸めていく。今の悩みなんて銭金のことが八割五分だけど、酒をまだ飲んでいることの不安もちょっとある。でもそれも、酒が溶かしていく。

「ん?」

煙草に火を点けてまた視線を三角空き地に戻すと、それまでなかったものがあった。ものというか、人だ。女の人が一人、空き地の真ん中あたりに立っている。

ここは周囲のお店や会社の人がこっそり煙草休憩とか仕事サボりに来るスポットでもあるので、べつに誰かいたっておかしくない。でも、その人はこの肌寒いのにノースリーブの黒ワンピをさらっと着ただけで、下も素足にミュールだ。携帯も煙草も缶コーヒーも持たず手ぶらでぼんやりしている。後ろを向いていて顔は見えないけれど、中肉中背で、ゆるくウエーブしたつやつやした髪が背中で揺れている。真っ白いきれいな二の腕が、夜の中に浮かび上がっているように見えた。なんとなく不気味だ。煙草を半分吸ったあたりで、その女の人は、一瞬、明確にこっちを振り返った。

その顔には、確かに見覚えがあった。

誰なのか思い出そうとする前に、女の人は空き地から消えていた。

『こんばんは、ゲエム貯金のため最近昼飯はランチパック一個生活、聖忍ダイエット邁進《まいしん》中のチェス納豆でございます。空腹でヘロヘロになりつつ、本日はSS一本アップいたしました！　久々のR‐18作品ということで、高校生以上の大人の方だけ読んでくださいませ……すいません……。内容はもう、いつもの通り、イチャラブしてるだけでございます！　太古の呪文、やまなしおちなしいみなしを今こそ詠唱したい。それくらいのただハッピーにやってるだけ編です……チェス納豆さんは両思いラブラブの里の出身だから……切ない系とか書けないから……。もしお気に召していただけたら、拍手ぽちぽちしてもらえたら嬉しいです……！　よろしくお願いいたしますm(_ _)m』

ブログに小説と日記をアップして、ふーっと一息ついて紅茶を啜る。テンションが上がって顔が熱い。小説をアップしたあとはいつもこうなる。誰かが読んで感想や反応をくれるのが待ちきれない。今回あげたやつは自分でも気に入ってる。ただやってるだけのやまなしおちなしいみなしと日記には書いたけど、エロいシーンだけでなく、二人が一緒にスーパーで買い物するところとか、こたつで一緒に夕飯食べるところとか、そういうシーンもあるし、そういうところを書くのがまた、物凄く楽しい。

小説を書くのが楽しい。全身全霊で、そう感じている。以前はオリジナルも書いてたし賞にも応募してたし、小遣い稼ぎにライターみたいなこともしてたけど、今はもうそういう気になれない。ただアダムと薫の話を考えて書き綴ることだけが楽しい。この楽しさを長いこと忘れていた。書き物をするのは楽しいことだというのを、二人が思い出させてくれた。

たかが同人、たかが二次創作かもしれないけど、二人の話を書いているとき、これが「祈り」ってやつなんじゃないかと思うときがある。私は信仰を持ってない。家族も友人知人も。神や仏はUMAの一種だと思ってるし幽霊も超能力も何も信じてないけど、でもたぶん、これは祈りだ。二人の恋愛を書き始めて、初めて自分が「この世に愛があってほしい」と思っているのを知った。この世界に、愛というものが存在していてほしい。そしてそれは何よりも、アダムと薫の二人の間にあってほしい。情欲でも、友情でも、愛情でも、名前はなんでもいいから、あらゆる愛があってほしい。それを探すためなら、つまんねえバイトも薄汚いシェアハウス暮らしも苦じゃない。私が一日生きれば、そのぶんだけ世界に二人の愛が増える。そのために生きている。マジで。

目覚まし時計のけたたましい音が嫌いなので携帯のタイマー機能で起きるようにしている。これなら着メロで好きな音楽を選べるし。好きな曲を流せば寝起きも少しは憂鬱が薄れる。ここ半年、朝はプライマル・スクリームの「ROCKS」で目覚めている。問答無用のロックンロール。ドラムとギターが頭蓋骨《ずがいこつ》を揺らす。へろへろのボビー・ギレスピーのヴォーカル。何百回聞いても異常にかっこいいし、朝イチでこのうるさい曲を鳴らすともれなく隣の部屋の住人が壁ドンしてくるので間違いなく起きられるのもいい。

いいと思ってたんだけど、最近は朝起きることの嫌さがプライマルのかっこよさより勝つようになってきてしまい、喫茶店の有線とかぜんぜん関係ないところでこの曲を聞いてもビクッとするようになってしまった。グラマラスに輝く「ROCKS」が、「働きたくない」というう朝一番の気持ちとコネクトしてしまっている。ああ、働きたくない。働かないといけないけれど、本当に働きたくない。ずっと部屋にいたい。部屋に閉じこもって、誰とも顔を合わさずに、ネットに接続してアダ剛のことだけ考えていたい。百歩譲って働くとしても、座って働きたい。吹きっ晒《さら》しに立ちっぱなしの仕事はしんどい。しかし、この世が私にめぐんでくれる仕事はどうやらそれしかないようなのだ。あー働きたくない。眠い。眠い眠い。家に帰りたい。そして電車は世田谷区に入る。

現場に行くと、警備員用詰め所でオシオさんが着替えているのが見えたので、中に入らず駐車場入口にある植え込みのあたりをぶらぶらする。詰め所は四畳くらいの広さで、便所が一つと小さい流し台が付いている。ビジネスホテルにあるような正方形の小さい冷蔵庫と汚い電子レンジも置いてあり、飲み物などを入れておける。この現場には弁当を持ってきている。メニューは毎回同じ、六枚切りの食パン二枚に目玉焼き二つとキャベツの葉数枚、マヨネーズを挟んだもの。炭水化物とタンパク質と野菜が同時に摂れる、完全栄養サンドだ。詰め所にはたまに本部の差し入れでペットボトルや紙パックのお茶が置いてあるので、あればそれを飲み、無ければコンビニで一番安い八十円くらいのお茶を買う。食パン一袋と卵一パックを買えば、三日分の昼飯になる。これは盗まれると計算が合わなくなるので、部屋に確保している。キャベツも高いので最近は部屋に持って帰っている。涼しくなってきてよかった。

オシオさんが制服姿で詰め所から出てきたので、会釈して入れ替わりで中に入る。最初は便所で着替えていたのだが、スガタさんが「女の子なのにかわいそうだから」と着替えている間は詰め所を一人で使っていいと言ってくれた。ありがたいという気持ちと、当然だろという気持ち。ややありがたいが勝つ。しかしそのときに「女の子ってw」とぬかしたオシオさんのことは以来ずっと嫌いだ。今日は午前中いっぱい、オシオさんと二人当番っぽい。おそらく昼過ぎにスガタさんか他の誰かが来て、順番に休憩になる。

「よろしくお願いしまーす」

着替え終わり、出入り口に立つ。ビル風が吹き込んできて寒いんだけど、オシオさんはターンテーブルを回す機械を操作したがりそこから離れないので、ここにいれば会話をする必要もない。朝のうちは入ってくる車はほぼないから、本当にぼんやり立ってるだけで苦痛なんだけど、そこをおしてもオシオさんと喋りたくない。なんか、やなんだ。鼻で笑われただけのあれじゃなくて、なんとなく嫌。

「ねえ」

ひっ、ともう少しで声を出すところだった。振り向くと、すぐ後ろにオシオさんが立っていた。

「随分寒いとこいるじゃない」

「あー、大丈夫っす、暑がりなんで」

「……だろうね」

ニヤニヤしながら、オシオさんは人の腹の肉あたりをじろじろ眺め回した。殺してやろうか。

「大滝さんはさ、なんか、信じてるの」

「えっ」

「例えば……天使とか」

オシオさんの口から唐突に出た「天使」というロマンチックな言葉に混乱していると、ハハッとまた鼻で笑われた。

「ま、信じてるわけないよね。そういうの、縁なさそうだもんね。いくつだっけ？　あ、女性に歳聞いちゃ失礼かな」

「二十八っす」

「あ、そうなんだ。アラサーってやつだね。俺とちょうど二十違うんだ。ふうん」

あんたそんなに歳行ってたのかよ。思わずまじまじと、司法試験十浪中みたいな風情のオシオさんの顔を見てしまう。

「今の人はさ、信じる心を忘れてるよね。デジタル……っていうのかな。天使、なんていきなり聞いたって、バカみたいって思うだけでしょ」

「やー……」

どう答えればいいか分からずに曖昧に笑って首を傾げる。

「いや、絶対バカにしてるでしょ。いいんだよ。分かってるから。大滝さんも、俺のこと気持ち悪いって思ってるでしょ。分かるから、そういうの。ごまかしても。結局さ、そうなんだよね。大滝さんさ、こんな仕事してるってことはさ、あなたも本当はうまく行ってないんだよ。普通はさ、いくらそんな……そういう感じでもさ、二十代の女がさ、こういうところで働かないんだよ。悪いけどね、こんなふうに言うと。でもさ、あなた、そういう状況をさ、適当にごまかしてるんだよね。ニコニコ笑って働いてさ、ごまかしてるよね。それはさ、信じるわけにはいかないよね。天使や神さまをさ。そういう存在を知ってしまったら、みじめになるだけだからね。俺はね、羨《うらや》ましいなあ。大滝さんとかスガタさんみたいな、何も信じていない人たちがホンット羨ましいんだよなあ。俺はね、自分をちゃんと分かってるんだよ。自分がどういう状況か分かってる。ごまかしてないからね。目を逸らしてないから。それがね、信じるっていうことなんだよね。信仰はね、救いとかじゃないから。苦しみに気付くことだから。だから俺、あなたもスガタさんも勧誘とかしないから。してないよね？　信じる心を持つのはね、苦しみに気付くことだから。そういう苦しみを味わいたくないでしょ？　味わいたくないからそんな、二十八だっけ？　そんな歳になってもさ、こういう仕事をして平気でいられるんだよ。結婚もしてないんでしょ？　それはさ、本当は苦しいことなんだよ。辛《つら》いことなんだよ。周りの二十八の女の人と自分の生活、ぜんぜん違うでしょ？　それが分かってるのにそうやってニコニコしてさ、大きな声出して働いてさ、お客さんにジュースとかもらってはりきっちゃってるわけじゃない。でもそれはね、神さまが見てるなんて思ってないわけだからね。ごまかせるんだよ。ごまかしなんだよ。だから俺は勧誘はしないの。同僚をね、こんな仕事の同僚でもね、苦しませたくないからね。俺だけで十分だよ、信じることで苦しむのは。だからね、大滝さんはこれからも天使や神さまのことを考えないほうがいいよ。ごまかして生きていかないと辛いからね。もうちょっと若かったら立て直しがきくかもしれないけど、そろそろ三十でしょ？　厳しいよね。だから信じちゃだめだよ、それはね、苦しみだから。信仰というのは。俺は引き受けてしまったんだよね、それを。あなたみたいな人はね、信仰を持っちゃだめだよ。生きていられなくなっちゃうから。俺が苦しんでるのもバカみたいに見えるわけでしょ？　それは幸せなことだよね。知らないからね。そう感じるわけだからね。羨ましいよほんと。うらやまハイッ！　キノシタ様！　おはようございますっ！　只今《ただいま》お車お出しいたしますっ！」

突然テレビのチャンネルを切り替えたように、オシオさんはマンション口からやってきた住人の元にすっ飛んでいった。呆然《ぼうぜん》とそれを目で追う。高そうなスーツを着たＢＭＷの住人に、オシオさんは全力でニコニコしながらへこへこしていた。

その日は終業までずっと気分がぞわぞわして落ち着かなかった。昼過ぎにスガタさんが来てくれたときは救いの神にすら見えた。いや、いま神って言葉使いたくないな。とにかく、落ち着かなかった。朝以降オシオさんとは一言も喋らなかったけど、肩のあたりにずうっとあの息継ぎのない喋りが乗っかっている感じがして、しんどかった。

寄り道しないでまっすぐ駅に向かい、電車に乗る。とにかく早く家に帰りたい。帰って聖忍の単行本や同人誌やキャラソンＣＤに触れたい。信じてない？オシオさんに私の何が分かるというのだろう。あのキモいおっさんは、私が毎日祈りを捧げているのを知らない。天使だとか神だとかそんな安いものじゃなく、私は愛に祈ってる。

帰宅までの一時間が、いつもの倍くらい長く感じられた。早くパソコンを立ち上げたい。昨日アップしたSSの感想が来てるかもしれない。こういうとき、あのアップルのiPhoneなら電車でもネットが見られると思うと、ポケットの中の二つ折り携帯がうらめしい。毎月の携帯代払うのもギリギリの今の状況じゃ、スマートフォンなんて夢のまた夢だ。実家から持ってきたパソコンも、もう七年も使ってる。クラッシュしてないのが奇跡。クレジットカードは持ってないし、作れないし、もしパソコンがだめになったら現金一括で買うしかない。それを思うと心底ぞっとした。信仰とか、神とか、どうでもいい。本当にどうでもいい。そんなもの私を苦しめもしないし救いもしない。私は私の祈りのために、働いてアダ剛SSを書く環境を手放さないようにしなきゃいけない。苦しみなんて意識するもしないもねえよ。人生標準装備だろそんなもん。どうでもいいんだよ、私の苦しみなんて。そんなものに向き合う暇があったら、一文字でも多く萌《も》えを語る。

帰宅、即、部屋に駆け上がり（駆け上がれはしないけど）、着替えもしないままパソコンを立ち上げる。どうせ完全に起動するまで時間がかかるので、その間に着替えて、腹が減っていたので生の食パンに醤油を垂らしてむしゃむしゃ食った。サイトの連絡窓口は、匿名で管理人に短文が送れるｗｅｂ拍手というサービスと、フリーメールだけど一応メアドも載せている。感想はほとんど拍手のほうに来る。どきどきしながらｗｅｂ拍手の管理画面にログインすると、新たに三つのメッセージが来ていた。

「えっ、うそ」

その中の一つのメッセージに、椅子から飛び上がりそうになった。

『名前：豚ローズ　本文：チェス納豆さま、はじめまして。いつも無言で拍手押させていただいてたんですが、今回更新されたアダ剛ＳＳが最高過ぎて、どうしても感想を送りたくなってしまいました。もう、なんて言ったらいいか…萌えという言葉では言い表せないくらい、萌え転がりました…。チェス納豆さまのアダ剛は、本当に二人がこの世界で生きて生活してるんじゃないか？っていうくらいリアルで、それでいてアダムがめちゃ可愛い攻めで、剛力がめちゃかっこいい受けで、まさに理想です。いつもチェス納豆さまのお話読み返して、日々の活力をいただいてます（キモくてすみません…）いつも素敵なアダ剛をありがとうございます。大好きです！』

二度読み返した。特に名前のところを。豚ローズさん、間違いか誰かのなりすましでなければ、サークル「じんじろ家」の豚ローズさんのはず。興奮しながら、すぐブクマから「じんじろ家」のサイトに飛ぶ。

白地に文字とバナーだけのシンプルなサイトデザイン、イラスト、漫画、日記だけのストイックなコンテンツ。なのにその絵も漫画も、たまらなくエモーショナルで美麗。豚ローズさんは、このジャンルで活動し始めてからずっと一方的に憧れていた同人作家だ。大量のイラストや漫画をアップしていて、サイトの日記もイベントの案内や同人誌の通販情報がメインで私生活の話とかほぼ出てこない。だからどんな人なのか分からなくて謎めいているけれど、アダムの学生時代を描いた短編とか、未来のアダ剛の同棲話とか、この前アップしてた焚き火する二人のイラストとか、全てが素晴らしい。少年漫画っぽい線のはっきりした濃い目の絵柄で、リリカルなネームや天然ボケっぽいギャグをやるのがすごくツボに入る。土日に仕事がなくて金の余裕があればイベントに行って同人誌既刊も新刊も全部買って、ついでに差し入れとファンレターも差し上げたいと、ずっと思っていたひと。

日記を開くと、鉛筆でさらっと描いたジャージ姿の薫のイラストが「らくがき。」というタイトルだけつけてアップされていた。うまい。絵がうまい。そしてエロい。きっちりとトレードマークの長袖ジャージを着込んだ絵なのに、筋肉や表情や視線で秘められた色気を描きだしている。キャラへの愛と、情念を感じる素晴らしい絵だ。豚ローズさんもｗｅｂ拍手を利用している。どきどきしながら、イラストの下の拍手ボタンを押す。メッセージ入力画面が出てくる。ここに何も書かないでおくこともできる。いつもはそうしている。でも、あんな感想いただいてしまったんだから、私からも何か、何かメッセージを。でも、あれが本当に豚ローズさんだったのか分からない。どうしよう。どうすれば。

二十分くらい悩んだ末、『名前：チェス納豆　本文：はじめまして、いつもイラストや漫画楽しみに拝見させていただいております。豚ローズさんのアダ剛の大ファンです。肌寒くなってまいりましたが、お風邪など召されませぬよう、ご自愛くださいませ。』と書いて、送った。

送信した瞬間から後悔が襲ってきた。なんなんだ、ご自愛くださいとか。お前は取引先か？　変だったかもしれない。いや、絶対変に思われる。だいたいもし本当にメッセージくれた豚ローズさんが本物だったら、それに一言も触れないでいきなりファンです、ご自愛くださいとか、わけがわからない。完全なるバカ。顔を覆う。拍手は取り消せない。絶対になんだこいつって思うはず。バカ。私はバカ。文章を書く能力を、こういうささやかな私信でぜんぜん発揮できない。泣きたい。呻《うめ》きながら、醬油垂らし食パンをもう一枚むさぼった。

東京には稲《いな》城《ぎ》市という場所がある。のを今回の仕事で初めて知った。遠い。家から。愛用しているポケット地図を見ると、ほとんど神奈川の位置にある。

今日は稲城のスーパーマーケットの駐車場が現場だ。スーパーの駐車場は、できればやりたくない現場のトップなので、通勤が倍くらい憂鬱だ。今までノートラブル、ノー怒鳴られで帰れたためしがない。客として利用するだけだと分からなかったけれど、スーパーというのは大小を問わずなにがしかの悪い「気」が溜まっている特殊な場所なのでは。とオカルトな妄想をしたくなる。それくらい、しんどい。

しかも開店から勤務する場合は、朝がくそ早い。今日も五時起きだ。一時間半近く電車に揺られて辿り着いた稲城市は、この前の都道沿いロードサイドとはまた違ったティピカルな日本の田舎町の光景が展開していた。細くうねった道、赤いトタン葺《ぶ》きの屋根、畑、畑、猫車。埃っぽい風に混じる鶏糞《けいふん》の臭い。もちろん、軽トラはブリバリに走りまくっている。地図で見ると、ここは世田谷区からはあまり離れていない。ここもまたゴッサム、なんだろうか。随分のんびりしたゴッサム・シティ。電線の上で雀《すずめ》がちゅんちゅん言っている。

到着したスーパーはけっこう大きくて、開店準備で大小のカートが忙しく出入りしていた。店の前はギリギリ車二台がすれ違えそうな道を一本挟んで駐車場と駐輪場があり、本部の説明によるとそこの車の出入りを誘導するということだった。とりあえず最初に会った店員さんに警備員であることを告げると、二階に上がるように言われた。上は従業員用のフロアで、そこでまた更衣室を使うよう案内される。

更衣室！　なんて甘美な響き。着替えるための専用の場所がある。極楽浄土か？　その更衣室も、広くて靴を脱いで上がるカーペット敷の部屋になっていて、ロッカーがたくさんあって8×4とスナック菓子の匂いが充満していた。懐かしい。女子高の匂いだ。階下からお惣菜《そうざい》の揚げ物の匂いもする。女子高の購買付近の匂いだ。

荷物のない隅っこにバッグを置き、心置きなく私服を脱いで着替える。しかもここ、ドアの前に布ののれんが下げてあって、いきなりドアが開けられても大丈夫なようになっている。世田谷の現場みたいに無駄に焦りながら着替える必要もないし、もちろん汚い便所で汚水に怯《おび》えながらする着替えとは天と地ほども違う。これはいい現場なのかもしれない。今日はスーパーの瘴気《しょうき》に負けずに無事に帰れるかもしれない。

いつもより落ち着いて、きちっとネクタイを締めて、髪も整えて、制帽を被《かぶ》って軍手をはめて仕事開始だ。更衣室から出て下のフロアに降りると、同じ制服を着た五十代くらいの男の人があんぱんの載ったカートをがらがらと押していた。スーパー警備員のめんどうなところは、本来の警備員の仕事以外のこともやらされがちなところにある。駐車場に放置されているカートを集めるなんていうのは業務として納得できるが、店によっては商品の補充とかゴミ捨てとか、やばい所だと客の呼び込みまでさせたりする。おかしいだろ、いかつい制服着た警備員が焼き芋とか大根とか売ってたら。でも、スーパー側は払った金のぶん、可能な限り、限界までこっちを使い倒そうとする。

「あ、警備の人？　今日は女の人なんだ」

眼鏡をかけた男の人が声をかけてきた。エプロンに付いている名札に「店長ながた」と書いてある。

「はい、よろしくお願いします」

「じゃあまずね、どうしようかな。あの向かいの駐車場ね。あそこに吸い殻とか空き缶とか落ちてないか、見てきてくれないかな。掃除する道具はあの自転車置き場の隅にあるロッカーに入ってるから」

分かりましたと言ってさっそく外に出る。いい天気だった。八時少し前で、辺りは静か。ロッカーの中にはブリキの、持ち手が長くて立ったまま使えるチリトリと、ほうきと火バサミが入っていた。ライトセーバーをロッカーに入れ、ほうきとチリトリを装備し、がらんとした駐車場を見て回る。

フェンスで囲われた駐車場の周りには戸建ての住宅と二階建てのアパートが建っていて、かすかにテレビの音が聞こえてくる。もう軒先に洗濯物を干している家もある。生活。今まで何の感動もなく見ていたそういう光景も、今はアダ剛二次創作に使えないかなと思って観察するようになった。天気のいい朝、洗濯物を干す二人。大きさの違うTシャツが並んで揺れている。ひととおりの家事を済ませた二人は、狭いベランダで無言で空を見る。いつもはお喋りなアダムもなぜか黙っている。でも、その沈黙は気まずくなく心地いい——。

そんな妄想をしながら、てきぱきとゴミを拾い集める。東京に出てきたばかりのころ、とにかく日銭が欲しくて単発のライン工で何度か働いたが、そのときも妄想は本当に役に立った。仕事をする部分の脳はプログラムを組み込んだように仕事のことだけ自動的にこなすようにして、残りの脳で思うさま自由に妄想を繰り広げる。工場での休憩時間、連休中の大学生が「時間が流れるのが遅くて気が狂いそう」とずっと文句を言っていてひそかに驚いた。妄想して時間を潰せばいいのに。

でも、最近なんとなく分かってきたけど、世の中、妄想をしない人が存在している。ただ目の前の現実にフォーカスし、それに真正面から対処し続けている人がいる。それは、なんというか、あまりに途方もなくて、それこそ想像もできない。自分の前に目に見えるものしか広がっていないことを考えると、恐怖で漏らしそうになる。妄想のフィルターをかけて、初めてこの世は生息するに足る環境になると思っている。二次創作的妄想だけじゃなく、例えば今この駐車場のアスファルトのひび割れが次第に大きくなって地面に大穴が開《あ》き、地底から真っ赤に燃えた溶岩を纏《まと》った大魔王が現れるとか、そういう妄想をせずにただひび割れをひび割れとして見ることは、あまりにも退屈で、退屈で、つらい。

子供のころに読んだ『アリーテ姫の冒険』という小説をふと思い出した。たしか、悪者に監禁されたアリーテ姫がなんでも願いを叶《かな》える魔法の指輪をゲットするが、姫はそれを退屈を解消するためだけに使ったという話だった。退屈は敵だ。人生最大の敵だ。退屈するくらいだったら苦しんでたほうがいい。魔法の指輪はなくても、私にはこの脳みそがある。現実から目を逸らすのではなく、キラキラのフィルターを掛けてくれるすてきな脳みそ。

ゴミ掃除を終えると、店のほうも開店準備がほぼできたみたいだった。さっきあんぱんを運んでいた人が「マテです、今日はよろしく」と挨拶してきた。

「大滝です、よろしくお願いします」

「大滝さんね。下の名前はなんていうの？」

「……喜楽理と言います」

「キラリ？　へえっ、面白いね。かわいい名前だね」

マテさんはちょっと引いた感じで笑った。名前のことで何か言われるのはもういい加減慣れきってるが、最近だんだん「このおばさんが、キラリ？」というニュアンスで〝感心〟されることが多くなり、またうんざりし始めている。この世にたぶん一つの、スペシャルで個性的な名前。響きも漢字も、さまざまな希望や期待が込められている一人娘の名前。親は私に、どういう、どの面下げた人間になってほしかったんだろう。自分らから、この名前に見合う存在が生まれて育つと思っていたんだろうか。えらいポジティブだったんだな、二人とも。

マテさんはこの現場は三度目だというので、誘導のこつや注意点を教えてもらう。道を挟んで店舗側には私が立ち、駐車場出入り口にはマテさんが立つ。私は車の出し入れ時に自転車や歩行者を止めたり渡したりする係だ。店が開くと、まずチャリンコがひっきりなしにやってきた。ほとんどがチャイルドシートを搭載したママチャリで、中には子供が複数いるのか、前後にいかついシートを載せ透明のバリアみたいなガードや補助器具をフル装備したデコトラみたいなママチャリもあった。たぶん幼稚園とかに送った後なんだろう、ラフな格好のお母さんたちがきびきびと店内に入っては、両手に溢れんばかりに買い物袋を下げ、チャイルドシートにそれを載せて中国雑技団みたいなすごいバランス感覚でこいで帰っていく。生活。実務。目の前にある現実に力強く対峙《たいじ》している姿。眩《まぶ》しい。でも、もしかしたらあの人たちも、しょうもない妄想をしながら日々の家事をこなしているのかもしれない。そういうお母さんもいる。きっといる。

今ここにある現実はひとつしかないけれど、今個々にある現実は、人それぞれ別のものが見えているはず。じゃあ確かな現実って何なのだろう。同じコロッケを見ても、百人いれば、その脳内に像を結んだコロッケは微妙な差異があるはずだ。味わってみても同じ。一つのコロッケなのに、百人がそれを見るなり食べるなりすれば、そのコロッケは百通りの姿を持つ。なんだか途方もない。現実ってもしかしてとても曖昧なものなんじゃないだろうか。私が今見ているこの道、駐車場、向かいのマテさん、ママチャリ、それぞれ全て私が見えるようにしか見えていないもので、実際はまるで別物である可能性がある。そんな世界の中で、過ごしているのか。一人で。たった一人で。

「おねえさん」

はっとした。肩の下あたりから、声がした。見ると背中を曲げた痩《や》せた老人が、にこにこしながら杖をついて私を見上げていた。頭頂部にまっしろな細い毛がまばらに生えていて、ふわふわとケサランパサランのように揺れている。

「どうしましたか」

荷物を運んでくれ、とかだろうか。これも警備員あるある仕事だ。お年寄りや、小さい子供を抱えてて重い荷物が運べない人のために、駐車場までポーターをやる。でも、老人は杖以外は手ぶらだった。

「おねえさん……」

しゃがれた声で、にこにこしたまま、老人は杖をカツッと鳴らし、ゆっくりゆっくり、一歩一歩、サンダル履きの足を引きずりながら、立っている私の周りを歩きはじめた。

「ほお……ほお……ほほおぉ……」

わけがわからなくて、どうすることもできずに真っ直ぐ突っ立っていると、背後から壊れた蒸気機関車みたいな、溜息と叫びの中間みたいな変な声をたてられる。なんだ。なんなんだ。

一周回って私の正面に戻ってきた老人は、笑顔のままこっちの顔をじっと見て口を開いた。

「おねえさん……ずいぶんと、発育がいいねぇ……」

「はあ」

この「はあ」を言う前に脳内でしなびた里芋のような老人の顔を五発殴った。一発一発重く、深く、アポロを殺したドラゴのパンチのように。

「ごはんを……いっぱい食べるのかなあ……？」

「はあ」

口元で微笑んで、今度は鈍器を持つ。バールのようなものなんかじゃ生ぬるい。玄能《げんのう》だ。真っ黒い鉄の、使い込んだ玄能を無駄毛の生えた頭上に振り下ろす。どしっ、と鈍い音がして一発で頭蓋骨が割れる。血が噴き出し白い毛が赤黒く染まる。頭のてっぺんが凹《へこ》んで、頭骨がスケベイスみたいな形になる。げらげら笑いながら、バランスを取るために右から、左から、一発ずつ玄能を叩き込む。頭が丸めた紙くずみたいにぐちゃぐちゃになる。

「すごいじゃない……おしりも……おなかも……ねぇ……」

「はあ」

ガスバーナーを持ち、咥《くわ》えた煙草に火を点けてから最大火力で老人の顔に青い炎を浴びせる。皮膚が一瞬で溶けてプチプチと泡立ち、黄色い脂肪がすぐに真っ黒に焦げ、場末のホルモン屋みたいな煙が盛大に上がる。血と体液が混ざった黒い汁が地面にぼたぼた垂れる。片方の目玉が熱で爆《は》ぜる。それを見届けてから、もう片方の目玉に煙草の火を押し付ける。

「あかちゃんが……入ってるみたいじゃない……うふふっ」

老人がぷるぷる震える手で、私のせり出した腹にべたりと触った。

妄想のフィルターが切れ、目の前が一瞬でクリアになった。見知らぬ薄汚い老人と、その手が私に触れているのがそのままの姿で脳に入ってくる。胃の奥から食道を塞ぐように何かがせりあがってきた。ゲロではない。実体があるものではない。何かが飛び出そう。でも出ない。喉を塞いでいる。声が出ない。苦しい。息ができない。なんで触る？　私はなんで触られているんだろう。この人は誰？　なぜ触られているんだろう。どうして？　何の理由がある？　なんで私は逃げられないのか？

「お客様、どうしましたか」

クリアな視界に、マテさんの姿と声が飛び込んできた。老人はあからさまにビクッとして、それから驚くくらい憎々しげに顔を歪《ゆが》めて、無言ですたすたとその場を去っていった。

「大丈夫？」

ぼんやりしながら、私はなんとか肯《うなず》いた。

「ありがとうございます……」

「ほんとに大丈夫？」

「だ、大丈夫っす」

「うん」

マテさんはうんうんと数度肯いて、それ以上は何も言わずに持ち場に戻っていった。皮膚の下を小さい虫が這いずりまわっているような感覚がした。特に触られた腹の下の皮膚が。皮を一枚剝いたら、蛆虫《うじむし》の大群が出てきそうだ。いますぐそうしたかった。触られた制服を脱ぎ捨て、触られた服の下の皮膚を肉ごと包丁かなんかで剝ぎ取りたい。その部分を私の身体から無かったことにしたい。殺す。殺してやる。殺してやる。殺してやる。殺してやる。

ぶつん、と頭の中で音が鳴った。はっとした。いかんいかん、冷静にならないと。仕事仕事。腹をちょっと触られたくらい、どうってことない。ちょっとキショいだけ。マテさんも助けてくれたし、世の中捨てたもんじゃないなあ。
ありがたい、ありがたい。

片手鍋に水を五〇〇ccくらい入れ、チルドのうどん玉を二個入れる。蓋をしてボタンを押す。共同キッチンはでかい流し台と作業台、IHコンロが二台置いてある。原始共産制冷蔵庫のほかに冷蔵不要の食材や調味料を入れる棚があり、ここも同じ志によって運営されている。住人の三分の一くらいは外国人なので、何にどうやって使うのか分からない色とりどりのスパイスやソースみたいなものも置いてある。キッチンに繋がっているリビングにはでかいテレビとソファとテーブルと椅子が六脚置いてあり、だいたい一日中、誰かが仕事や宿題をしたり飯を食ったりだべったりしている。人の入れ替わりは激しく、一年も住んでない私でも、もうわりと古参側だ。
今日もテレビ前の小さいソファに、知らない女の人が一人で座っている。A4のノートを広げ、ペンを片手に熱心に画面を見ている。たぶん留学生だ。彼女ら彼らは、テレビをたくさん見る。私も仮に外国で生活することになったらそうするだろうなと思う。情報の洪水。言葉の洪水。生身の人に会う危険をおかさなくても、それを浴びることができる。

湯が沸く。一分くらいそのままうどんを茹《ゆ》でてから、ザルでお湯を切り、熱い状態で丼に入れ、上から生卵とめんつゆと、スパイス棚にあったのりたまのふりかけをささっとかけてかき混ぜる。箸と水を入れたコップと一緒にリビングのテーブルに運ぶと、ソファの女の人が「どもー」と笑顔で挨拶してきた。

「どうも」

ぺこっと会釈する。椅子に座ってうどんを啜る。テーブルの上には無料の求人冊子と東京の観光ガイド、ちょっと離れたところにあるスーパーのちらしが置いてある。新聞なんて取ってる人がいるんだろうか。テレビは夕方のワイドショーを流していた。

うまくもまずくもない早めの夕飯を食べながら、なんとなく求人冊子をめくる。軽作業、軽作業、パチンコ、パチンコ、居酒屋、オープニングスタッフ、軽作業。今よりましな仕事はないだろうか。アラサーの高卒で免許も持ってないデブをこころよく雇ってくれるましな仕事。あるかなー。あるかなー。ねえなー。

「あのー」

顔を上げると、女の人がノートを片手に向かいの席に座っていた。

「日本の、人、ですか」

「あ、はい」

「私、台湾からきました。今週。知りたい、分からないことがあり、ます」

そう言うと、開いたノートをつつっと差し出してきた。漢字のメモと、簡単なイラストがびっしり書いてある。

「日本語、まだ……あまり。なので、ごめんなさい」

「いえ、大丈夫です」

何が大丈夫なのか。謝らないでくださいと言いたかったけどとっさに出なかった。

「あー、英語は……できますか?」

「あ、ノー。ほとんどできないです、ごめんなさい……」

今度はこっちが謝る番だった。

「テレビで見たこれ、これ、とても、知らない。何ですか？」

指差した箇所は、人物らしいイラストが描かれていた。棒人間くらいの簡素さだけど、両手を空に向けて、Yの字に広げている人の絵だ。その腕の下にびろびろと波線がいっぱい引かれていて、頭にも冠みたいなものが載っている。

「テレビで見た、ですか」

「何をするひと、ですか？　光って……きらきら？　きらきらしています」

「男の人？」

「女の人、です」

さっぱり見当がつかない。どうしよう。今ここには私しかいないし、他に人の気配もない。気軽に呼び出せるような仲のいい住人もいない。このシェアハウスにおける日台文化交流の大切な役目を担うことになってしまった。困っていると、女の人がノートの別の部分を指差した。

「これは、名前、ですか？　違う、ですか」

そこには走り書きで「小林幸子」と書いてあった。

さい。

「えほっ」

思わず吹き出すと、女の人はびっくりした顔をした。当たり前だ。ごめんなさい。

謎は解けた。おそらく今年の紅白のための小林幸子の舞台衣装の発表とかを、ワイドショーでやったのだ。しかし、来日一週間の外国人に本邦の文化における「小林幸子」を説明する、これは今までの人生で一度も考えたことのない議題だった。小林幸子ってなんですか？　なんなんだろう。小林幸子とは何なのか？　なぜ毎年紅白にバカでかい装置みたいなド派手衣装で出てくるのか？　そもそも紅白歌合戦とは？　分からない。私も分からない。分からないぞ。

頭から煙が出そうなくらい考え込んだあと、「ジャパニーズフェイマスシンガー、インニューイヤーフェスティバル、イッツエブリイヤードゥーイング、ライクアカーニバル」みたいなことを身振り手振りをまじえて必死に喋った。喋ってから、変な英語にする必要はなかったのに気付いた。女の人は、私に聞く前よりももっと困ったような顔になっていた。ごめんなさい。本当に。

しどろもどろのまま、困惑したままの女の人（名前すら聞くのを忘れた）をリビングに置いて、私はうどんの器を洗って自分の部屋に引き上げた。どうしようもない。根気強く説明の努力をしたり、他のもっと説明がうまそうな誰かを紹介したり、そういうことをやるべきだった。でも、やらなかった。あれが私の限界だ。そう思うと心底しょっぱい気持ちになった。私は外国で困っている人に小林幸子のことすら説明できない。

くすぶった気持ちでパソコンを立ち上げる。もうほとんど流れ作業のように、web拍手の管理画面に入る。

すると、また豚ローズさんからのメッセージが来ていた。

『名前：豚ローズ　本文：こんにちは、豚ローズです。もし間違ってたらごめんなさい、うちのサイトの拍手にメッセージいただきましたか？　先日こちらからもメッセージ送らせていただきました。絵の感想ありがとうございます！チェス納豆さんに見ていただけてたなんて、本当に嬉しいです。あの、もしよければサイトに『レスザン帰路』さんへのリンクを張ってもいいですか？　急なお願いですみません。お返事いつでも大丈夫です！』

やっぱりあの豚ローズさんは本当の豚ローズさんだった。『レスザン帰路』というのは、私のサイトの名前だ。心臓がどきどきする。豚ローズさんのサイトはリンクフリーと書いてあったので、こっちからのリンクはすでに張っている。これで相互リンクになる。じん、と胸の奥が温かくなる。同じものを好きな人と、好きなことで繋がる。他に何に喩えればいいのか分からないくらい、それは純粋な喜びだった。急いで豚ローズさんのサイトにアクセスし、拍手に返事を書き込む。

『名前：チェス納豆　本文：こんにちは、チェス納豆です。拍手メッセージありがとうございます。先日は不躾《ぶしつけ》なメッセ送ってしまいもうしわけありません……！　サイトリンクの件、もちろん大丈夫です。というか、こちらから無断リンクさせていただいてて……もっと早くご挨拶すればよかったです。豚ローズさんの今後の更新も超楽しみにしてます！』

誤字がないかチェックして、送信。指先まで温かかった。ついでにもう何十回何百回も見た豚ローズさんの作品を見て回る。ああ……いい。やはり素晴らしい。カラーイラストの塗りや色みも好き。センスがいい。透明感と、僅《わず》かな生々しさと、確かなデッサン力に裏打ちされたデフォルメと個性。それに漫画のネームも好き。漫画描ける人って、ずるいというか、凄いよな。漫画うまい人はたぶん小説も書ける。実際漫画家から小説家に転身した人はいるし（山上たつひことか）。私は字しか書けない。絵は、さっきの女の人の小林幸子より下手だと思う。その文字も、日本語しか使えない。きわめてローカルな、ほぼこのちっさい島国の中でしか使えない言語。私はそれしか持ってない。でも豚ローズさんの絵は、世界中の誰にだって伝わる。凄い。羨ましい。ずるい。憧れる。素敵。かなわない。美しい。

ぼーっと豚ローズさんのイラストを眺めていると、ぽこっと、メールの受信を知らせるポップアップが出てきた。めったにメッセージが来ない、サイトに置いてあるアドレスだ。豚ローズさんからだろうか。いそいそメーラーを立ち上げる。

『件名：なし　本文：こんにちは！　サイト見ました。エッチな小説を書いてる腐女子さんなんですね。これ、資料になりますか？　欲しかったらもっと送ってあげますよ。返信ください！』

というメッセージと一緒に、無修正の勃起《ぼっき》した男性器の写真が何枚も添付されていた。五秒くらい固まったあと、即座にゴミ箱に削除する。

日記サービス、個人サイト、ブログ。インターネットに窓口を持つようになってから、十年くらい。その間、何本の勝手に送られてきた知らない他人のチンポを見てきただろう。今まで受け取ってきたこういうメールは、十数通くらいある。書いてある文面は、そういう専門学校でもあるのかと思うくらいみな似たりよったりで、あたかもこちらが積極的にチンポ画像を欲している、チンポ画像を見れば間違いなく喜ぶという前提で書かれているのが、並のホラーより怖い。まだ「お前を嫌がらせるためにチンポを送りつけてやる」という動機のほうが理解できる。彼らは、自分のチンポが見知らぬ他人、見知らぬ女を無条件に喜ばせると思っていそいそと画像を光ケーブルに載せている。そのポジティブさはどこから来るのだろう。まるで言葉も意思も通じない妖怪にでも会った気分になる。この妖怪たちは、おそらく何食わぬ普通の人間の顔をしてそこらじゅうを歩いている。それが怖い。そのへんの誰だって、妖怪チンポ画像送りつけ男の可能性がある。この世はでっかい百鬼夜行だ。

消去したのに、まだパソコンの中にチンポ画像が残っている気がして、気色悪くてゴミ箱を空にし、Cクリーナーもかけて、ついでにデフラグを始めた。昔はあまりチンポを嫌うと未成熟な女とかカマトトとか「物の道理」が分かってない女扱いされるのが嫌で、積極的にカモンチンポチンポファックミーオーイエスみたいなキャラを作っていたが、三十も近くなり、自分が本格的にそれを求めていないことにいよいよ気がついてきたので、そういうキャラを装うのはやめた。

一応、キャラに沿うように努力もしたのだ。何人か（もちろんチンポ画像を送りつけてきた人ではない）と異性間ファックもしてみた。オナニーに関しては長年のキャリアがあるので、セックスもまあできるだろうという見込み発進を十代の終わりから始めたが、なかなかどうして、そううまくはいかない。とりあえず何度か経験してみて、挿入の方は別に好きでも嫌いでもないなと思った。そもそもそんなに神経が通ってない箇所だし、あまり無体なことをしないのなら出入りされるのは気にならなかった。でも、キスが嫌だった。とにかく嫌だった。

我が女性器はもちろんこの肉体の一部だけど、昔からあんまり近しい間柄という感じがしなかった。自分の意思でコントロールできるのは小便を我慢するときくらいで、あとは生理も臭いも何も思い通りに行かない。だから女性器に挿入されているのは、首から上の私の脳、私の本部にとっては隣の部屋で起きているような出来事で、同意の上でやってる限りはそこを間貸ししてるくらいの穏やかな気持ちでいられた。指で乱暴にガシマンされたりするのは論の外だが、並サイズの男性器がちゃかぽこと出入りしている程度なら、無視できる。でも、口はだめだ。これは私のものだ。食べて喋って歯を磨いて、私が自分の意思で動かしコントロールしているものだ。そこに男の唇が触れ舌が入ってくると、はっきりと「異物が侵入してきた」と感じた。なので女性器は使っていいけどキスは勘弁してくれ、と事前に言うことにしたのだが、そうすると七、八割くらいの人はひどく傷付くようで、結局うまくいかないのだった。そのへんで私も、キスもできないような相手と付き合おうとするのは無理筋だと考え、やめた。異性と接触するのを。

で、じゃあ、どうなんだろう。私は、何なんだろう。

チンポだけの話でなく、たぶん私は男性を愛せない。今まで恋すらちゃんとしたことがない。胸を捻《ひね》り潰されるような思いを私にさせたのは、全員女だった。初めてのキスの相手も女だ。あほみたいな話だけど、そのときのことを思い出すと本当に記憶映像がトレンディドラマみたいなスローモーションになる。間違いなく、今までの人生で一番幸せな記憶だ。

彼女の唇が触れたとき、私は自分が初めてこの世に登場した気分になった。同い歳の女の子の唇は、魔法の杖みたいに、私をぼんやり生活している曖昧な何かから、大滝喜楽理という一人の人間にしてくれた。キスは無言で行われたけれど、そこには「分かる?」という言葉がこめられていた。あのとき、生まれて初めて、私は他人とコミュニケーションを取ったんだと思う。
デフラグ画面をぼーっと見ながら、私はただ、豚ローズさんのことを考えていた。

世田谷のタワマン現場は、月に一回くらい私が遅番、つまり十二時から九時までのシフトに入ることがある。朝ゆっくり眠れるので、正直ずっと遅番でいいくらいなんだけど、夜のほうが忙しいので基本はベテランが回される。
今日はもうめんどくさいので、家から制服を着ていった。ほんとは駄目なんだけど、尻まで隠れるモッズコートを着込んで、ネクタイを外しておけばまあたぶん大丈夫。いつの間にか夜はだいぶ冷えるようになっていた。暑いよりは寒いほうが好きなので嬉しい。夏の警備員は地獄だし。なんせ、上着が脱げないのだ。八月とか、一日仕事が終わると汗かきの人は制服の上に白い塩の粉をふいてるくらいだった。当然上から下まで強烈に汗臭くなる。前述の通り私は制服の替えがないので、毎回洗濯して、毎回余計に二百円使って乾燥機にかけていた。帽子だけはどんなに汗臭くても洗えないので、毎日したたるほどにファブリーズをぶっかけていたらカビが生えた。本部に交換してくれと言ったけど断られたので、しょうがないので今もそのまま使っている。

現場に到着すると、いつも通り、機械の横にオシオさんが立っていた。またなんか言われたら嫌だなと思いつつ、おはようございまーすと会釈する。オシオさんはいつも以上に暗い顔で、ぼんやりと「ああ……」みたいな声を出して会釈を返してきた。

詰め所に入ると、スガタさんがパイプ椅子の上で足を高々と組みながら煙草を吸っていた。

「よっ」

「おはようございます」

なんか変だな、と思った。空気が変だ。

「キラリちゃんよ、あれとなんか話した？」

ぐいっと顎をドアのほうに向けてしゃくる。あれとは、オシオさんのことだろうか。

「いえ……」

部屋の中の不穏な空気圧がぐっと高まった。嫌な予感がした。このおかしな空気は、昔似たようなものを感じたことがある。通学に使う無人駅の自転車置き場、毎日見ているそこが、ある日なんだか嫌な空気に満ちていた。次の日、そこで近くの中学生がリンチ事件を起こしていたのを知った。一人の男子を五、六人くらいの同級生が殴る蹴るし、被害者の子は肋骨《ろっこつ》を折ったと聞かされた。あの空気だ。暴力の残り香。

「ちょっとさ、いい加減アッタマ来たから、シメてやったんだよね」

すごいっすね、と反射的に言いそうになってぐっと黙った。スガタさんの全身から発せられるこのナチュラルな気さくさ、そして一種の頼もしさ。それは暴力をベースにガソリンのように揮発しているものだ。それを分かっていたのに、私はずっとへらへらしている。スガタさんに「シメられた」オシオさんの姿を想像した。それはおそらく、ジャイアン対のび太のような、あまりに分かりやすいバイオレンスの現場だったに違いない。スガタさんの「シメ」は、いまジャイアン子かドラえもんみたいなポジションにいる私にだって、何かのきっかけがあれば飛んでくる。知ってた。

「なんか、わけわかんねえことブッブツ言ってるからさ。俺だって別にさ、最初っから無下にしたわけじゃねえよ。でもほっといたらよ、いずれ大地震が来るとかさ、みんな死ぬんだとかよ、景気の悪い、胸糞わりい話ばっかするじゃねえか。だからふざけんなつったんだよ。そんでもニヤニヤしやがってよ。こう、パチーンと来ちゃったんだな。パチーンと……。で、ふてくされてっからさ、いい歳こいて。だからなんかヘンなこと言われたら無視していいよ、キラリちゃんも」

はあ、と曖昧に返事して、ちょっと迷って、詰め所から外に出た。

籠《こ》もった空気の中に濃厚に残る暴力を吸い込みたくなかった。怖い。地元にいたときの、嫌でも耳に入ってくる怖い話が毛穴から滲むように思い出されてしまう。新聞にも載ったリンチ事件、放火強盗、噂だけが流れる人を殺したことのあるヤンキー。バイクで事故って死んだ上級生。狭い街に充満する暴力の残り香。

風がさらに冷たくなった気がした。出入り口の少し前に立つと、オシオさんの視線が突き刺さる。無視しようかと思ったけど、圧が強すぎて、とうとうそっちを向いてしまった。

「スガタさんに何か言われた？」

「いえ……」

初めてオシオさんと視線が合った。眼鏡と眼鏡、四枚のレンズ越しの目が焦点を定められずにぶれぶれと揺れる。人と目を合わせて喋り慣れてない者同士。

「言われたんでしょ、俺のこと。嘘つかないでよ」

「いや……まあ」

「どうせ笑ってんだろ。キモいって思ってるんだろ、俺のこと」

「あの」

「なに？」

「そういうこと言われて、『思ってます』って言えるわけなくないですか」

「……そう？」

「そうだと思います」

「……そうなのか」

「そうだと、思います」

「……。悪いね、なんか」

「いや、こっちこそ、すいません」

すいません。ごめん、オシオさん。けど、甘えんじゃねえよ。甘ったれんな。私に甘えるな。私はもう、昔の私じゃないんだ。誰にもなめられたくない。なめんな。ふざけんな。

それきり、オシオさんは黙った。

今日は土曜。車はひっきりなしに出入りする。午後のぼやけた空気の中で私のライトセーバーは真っ赤に光り、外車たちを導く。出かけていく人。帰ってくる人。年齢も性別もばらばら。

そのとき、ぴかぴかで真っ青のアウディが駐車場に入ってきた。いつものように誘導し、ケージに入れる。五、六歳くらいの身なりのいい男の子が、身なりのいいお父さんとお母さんと一緒に、アウディから降り立つ。男の子はプレゼントっぽいきれいにラッピングされた包みを抱え、お母さんは小さな小さなハンドバッグと飴細工《あめざいく》みたいに華奢《きゃしゃ》なハイヒールで風に吹かれている。寒い、と小声で言って震える仕草まで上品で素敵で、まるで車のＣＭみたいな光景だった。お父さんは舞台俳優みたいに朗々としたいい声をしていて、絵みたいにハンサムで、お母さんもとてもきれいだった。私とオシオさんはその家族を示し合わせたようにじっと見ていた。三人がマンションのエントランスに消えていったあと、オシオさんとまた目が合った。

『俺らの人生って、ゴミみたいだな』

『そうっすね』

確実に、私たちの瞳は互いのそのメッセージを伝えていた。いまこの世界で、これだけは確実だと自信をもって言える。私たちはいま、分かりあってる。こんなに分かりあってる人間と、絶対に仲良くなれないなんて。ぶつん、と頭の中で音がする。

九時になった。着替えて本部に電話する。明日は同じ現場で早番だけど、今日が遅番だからいつもより一時間出勤をずらしていいと言ってもらえた。一時間程度じゃ少しもありがたくないが、ありがとうございますと言って切る。帽子とライトセーバーを仕舞っていると、オシオさんが自転車に乗ってさっさと帰っていくのが見えた。

ちょうど二十歳離れていると言っていた。私は、二十年後もここでライトセーバーを握り警備員をしているんだろうか。ぞっとすると同時に、どこか安心もしていた。四十八になっても、警備員なら仕事がある。死なない程度に食っていける。自分一人で。

夜になるとタワマン周辺の植え込みや小道が無意味にライトアップされる。ムーディに照らされたレンガ敷きの歩道を駅に向かって歩きながら、夜風に肩をすくめる。腹が減った。今日はあったかくてうまいものが食いたい。自炊するのも今日はもうめんどくさい。富士そば……松屋……マック……日高屋……松屋かな、やっぱり。

歩道の向こうに、ふわっと黒いものが揺れた。

「あっ」

思わず立ち止まって、目をぱちぱちさせた。黒いノースリーブのワンピースを着た女が、歩道の真ん中に立っている。ふわっとした白い二の腕は、間違いなくこの前三角空き地で見たのと同じものだった。

ややや身体を斜めにして、こっちに背を向けて。やはり手ぶらで、所在なげに立っている。ぞくっとした。私は幽霊を信じない。でも、それは何か見てはいけない、目撃してはいけないもののように感じた。

女は動かなかった。私も動けない。逃げ出したかった。頭の中に今まで観てきた古今東西のホラー映画や漫画の場面が走馬灯のように回転する。そうだ、たしか山岸凉子の漫画で、狐《きつね》に化かされそうになったときは煙草を一服するといいという話があった。急いでコートのポケットから煙草とライターを取り出す。指が緊張して震えて、なかなか一本取り出すことができない。くそ、もう、なんなんだよ。

やっとの思いでマイセンを口に咥えたときには、もう女の姿は消えていた。


給料日前の休みの日は、ただ部屋の中でネットをして過ごす。ぽちぽちとアダ剛SSを書きながら、サイト巡回をし、ニコニコ動画を見て、mixiでサンシャイン牧場の世話をし、またぽちぽちとＳＳを書いて、ピクシブを巡回し、またニコニコ動画を見て、２ちゃんと８０１板の聖忍スレをチェックして、サンシャイン牧場の虫取りをして、気がつくと半日が経過している。

東京に引っ越してきたら、毎日のように新宿や池袋に遊びに行くのかなとぼんやり思っていた。憧れていたミニシアター、美術展、巨大な書店、そういうところに出かけるんだと意気込んでいたけれど、実際には仕事以外で板橋から出ることがほぼない。金が無いのだ。移動にも、もちろん買い物にも、映画を観るのも金がかかる。月に一、二回、どうしても観たい映画だけ水曜日に観にいくのがやっとだ。本は聖忍関連以外は全部ブックオフだし、読み終わったらまた売ってる。服は最初にトランクに詰めてきたもの以外着ていないし、百均で靴下買い足したくらい。

だらだらとネットサーフィンし、好きな映画感想サイトをぼんやり読む。秋は来年のアカデミー賞狙いの映画が公開され始める季節だ。でも今年は『ヘルボーイ／ゴールデン・アーミー』が今のところ一番面白いと思う。００７の『慰めの報酬』はいまいちだった。あとはタランティーノの新作だけは絶対観たい。

キャメロンのなんか凄いらしい新作も気になるけど。

月に数回でも、やっぱり気軽に映画館に行けるのは素敵だ。前はバスで片道二時間、運賃も千円以上かけないと行けなかった。今は東京中の好きな映画館に数百円で行ける。実家にいるときはレンタル屋すら遠くて気軽に行けなかったから、たまに出かけた先でレンタル落ちのVHSやDVDのワゴンセールを漁って、同じ映画を繰り返し観ていた。どうしても好きな映画はAmazonでDVDを買ったけど、ロードショーの新作はめったに観られなかった。だから今はやっぱり幸せだ。手の届く、すぐ触れられる場所に映画がある。雑誌や本でタイトルとあらすじだけ頭にぱんぱんに詰め込んで、それでも実際には予告編すら観られなかったような映画が、自分の足で観に行ける。TSUTAYAだってすぐ近所にあるのだ。旧作もいくらでも観られる。

ライターのまねごとみたいなことをやっていたとき、仕事を回してくれていた歳上の友人が、そんなに映画が好きなら映画業界で働けば？と言ってきたことがあった。正直、それだけは絶対にいやだ。映画を仕事にしたくない。ただの客、受け取り手でいたい。無責任にただ鑑賞して面白いとか面白くないとか好きに感想を言いたい。映画館の暗闇の中に沈んで、映画を観ること以外何もしなくてよくなるあの二時間が好きだ。そのときだけ、自分が自分でいることを放棄できる。自我がコーラやキャラメルポップコーンの中に溶け、ただ映画を受容する生命体になる。名前も失くし、顔も失くし、誰にも見られず、ただ目の前のスクリーンで起こることを受け入れる。映画館で映画を観るのは、忘我の境地に居る快楽だ。それが仕事になってしまったら、絶対にもう己を失くすことはできなくなる。だからもしものすごいチャンスがあったとしても、映画関係の仕事は絶対にしない。ハリウッド映画の脚本家として選ばれるとかになっても、しない。たぶん。

これから先の日本公開予定映画の情報を漁っていると、メールが来た合図がぽこっと出た。この前のことがあるので若干警戒しながらメーラーを開くと、件名に『豚ローズです』と書いてあった。

『件名：豚ローズです　本文：チェス納豆さま　こんにちは、豚ローズです。突然のメール失礼します。拍手よりはこっちのほうがいいかなと思って、メールさせていただきました。突然ですが、チェス納豆さんは来週のビッグサイト行かれますか？　私はサークル参加するのですが、イベント後にアダ剛者で集まってご飯を食べる計画があります。もしよろしければ、チェス納豆さんも参加してくれたら嬉しいです。場所はゆりかもめで一本の新橋あたりにしようと思っています。時間はまだ決まってませんが、たぶん五時くらい開始だと思います。ご検討よろしくお願いいたします。』

お誘いだ。イベントアフターのお誘い。信じられない気持ちで、メールを繰り返し読み返す。

来週は東京ビッグサイトで聖忍オンリー即売会『学忍天国！』が開かれる。当然行きたいけど、金は無いし、仕事だし、はなから諦めていた。でもイベント後のアフターなら、早番を終えて即移動すれば十分間に合う。

印刷代もスペース代も払えないから、このジャンルでは今までイベントにサークルとして参加したことがないし、基本、一方的にSSと日記を垂れ流してるだけで交流もしていない。ただ自分の萌えを放流して、たまに感想がもらえればそれで十分だと思ってたけれど、豚ローズさんに会えると思うと、ぶわっと、頭の中から熱風みたいなものが溢れ出た。めったに出ないもの。社交欲だ。話したい。あの漫画を描く人と、あのイラストを描く人と、アダ剛のことを。語り明かしたい。私の妄想を聞いてほしい。豚ローズさんの妄想も聞きたい。知りたい。何を思って、何を考えたら、あんな作品を作れるのか。

三年以上ぶりに、髪を切りに行った。と言っても千円カットの店だけど。しばらくずっと自分で適当に切っていた。毛質は天パで、白髪だらけで、おまけに髪が薄くて細くてハゲぎみだけど、うまいことボリュームを出してくださいとお願いした。可能なら『バイオハザードⅢ』のミラ・ジョヴォヴィッチみたいなショートカットにしてほしかったけれど、出来上がりは小林カツ代になっていた。千円だとミラジョヴォがカツ代になるのか。呆然としたが、もうどうしようもない。セルフカットのぼさぼさ毛先よりはましだと思うことにして、とりあえずヘアスタイルは完成だ。

同時に、ダイエットを始めた。まず、うどんを一度に二玉食わない。食パンは八枚切りにする。これを徹底した。さらにネットで百均で買える使えるコスメ情報を調べ、ダイソーで酒しずくという化粧水を買い、朝晩顔にはたきこんで、上からニベアを塗りたくった。自分の顔にかまうなんて物凄く久しぶりの気がした。生やしっぱなしだった眉毛も、たまにしか剃らなかった口の周りのヒゲも、百均のカミソリで丁寧に処理する。百均のネイル（アダムカラーのオレンジと薫カラーのネイビーで互い違いに）で爪を塗り、唯一、人と会うときに着ていけそうな黒のジャージ素材のワンピースを着る。

そしてやってきた、日曜日。世田谷の現場が終わると、速攻で駅のトイレに駆け込みメイクをした。ＢＢクリーム、アイシャドウ、口紅。元の顔の作りのせいなのか技術のせいなのか、それだけでやたら濃く化粧をしたみたいに見える。カツ代カットもあいまって、昭和の二時間ドラマに出てくる場末のホステスみたいだ。もっとメイクの仕方とか勉強しておくんだった。今更どうしようもないけど。

新橋まで向かいながら、頭の隅で電卓をはじく。会場はチェーンの居酒屋で飲み放付きらしいので、高くても四千円でなんとかなるはず。財布には七千円と小銭が少し入っている。交通費を含めても、余裕で参加できるはず。もし足らなかったらコンビニATMで下ろして、あとでまた日雇い派遣を探して一日か二日追加でライン工でもやればいい。それで今月はなんとか乗り切れるはず。

会場の居酒屋に着くと、そこには予想以上に多い、十人くらいの人が集まっていた。みんな大荷物で、おそらくその中は今日買った同人誌でいっぱいで、すでに和気あいあいとした雰囲気が出来上がっていて、一瞬、ほんの一瞬だけ帰りたくなったけれど、「初めまして、チェス納豆と申します」と自己紹介すると、わーっとあちこちから声が上がった。

「チェス納豆さんだー！　あの、私〝肘テニス〟です！　サイト見てます〜！」

「はじめましてー〝峠〟と申しますー。私もチェス納豆さんのブログ日参させていただいておりますーめっちゃ好きですー」

あわあわしながらどうも、どうもと自己紹介を繰り返す。

「チェス納豆さん、こっちこっち、どうぞ座ってくださーい」

掘りごたつの席の奥のほうで、おだんごヘアの人が手招きしている。側に行くと、

「今日はありがとうございます。豚ローズです〜」

「あっ、あ、豚ローズさん！　は、初めましてチェス納豆です……」

「きゃー初めまして！　今日はありがとうございます、お忙しいのに」

「いえあの、仕事も終わったんで。こっちこそお誘いありがとうございます」

豚ローズさんと並んで座って、とりあえずビールを頼む。

「チェス納豆さんは、お酒強いんですよね。日記でよく書いてますもんね」

「いや、強いというか、強くはないです。好きですけど、酒……」

豚ローズさんは梅サワーを頼んだ。たぶん同世代くらい。小柄で、なんとなくムーミンのミイを人当たりよい雰囲気にしたような感じの人だ。

「今日はイベント、どうでした。人来てました？」

「けっこう来てましたねー。肘さんとか速攻完売しちゃったっぽい」

「すげー……」

「あの、チェス納豆さんってなんでチェス納豆なのか聞いていいですか？」

「えっ、あー、すっごいくだらないあれなんですけど……」

「前からそのハンドル？」

「いや、これは聖忍用で……ほら、忍者だから伊賀ってあるじゃないですか。それで、イガ、栗、栗は英語でチェスナット、チェス納豆……っていう……」

「あー、なるほど」

「あの、豚ローズさんは」

「ハンドル考えなきゃって思ったときに、スーパーでたまたま豚バラ肉が目に入ったんで。あ、私たちダジャレ系ハンドルでカブってますね」

ふへへ、と豚ローズさんは変わった笑い方をした。どきっとする。なんで？

「あっ、すっげこれ、日本酒かちわり氷ジョッキ！　これ誰か飲みません？

これ誰か飲みません？」

肘テニスさんがメニューをひらひらさせて言った。

「あっ、じゃあ飲みます」

考える前に手をあげていた。日本酒はアダムの一番好きな飲み物。公式でも同人でもアダムの酒ネタは多い。でも私は、正直日本酒はあまり好きじゃない。しかし日記ではいつも酒の話をしてるし、酒豪キャラを期待されている気がして、挙手してしまった。

「おーっさすがチェス納豆さん！　じゃ頼んじゃいますね！」

わっと場が盛り上がる。良かった。もっとみんなを笑顔にしたい。この人たちは、同じものが好きな仲間だから。


三時間の飲み放題タイムが終わり、お開きになったころには、私はジョッキ日本酒を五杯くらい空けていた。正直やばいかな、と思ったけど、氷も入ってるし、まあ大丈夫。たぶん。

肘さんたちは二次会のカラオケに行くと言ったが、豚ローズさんが帰ると言ったので、私も帰ります、と伝えた。正直助かったと思った。二次会に行く金はない。

「チェス納豆さん、ＪＲ？　地下鉄？」

「あー、ＪＲです。豚ローズさんは」

「私三田線なんで」

そうか、じゃあ帰りは一緒じゃないんだ。残念、と思っていると、豚ローズさんがぴょんと跳ねるようにして、腕を組んできた。

「新橋駅まで一緒にいきましょー！」

その瞬間、雷が落ちたみたいに、頭の中がぱあっと明るく開けた。

分かる？　と、ファーストキスの彼女は私に唇で語りかけてくれた。大切なのはキスだと思ってたけど、そうでなく、語りかけることなんだ。初めて分かった。こっちから語りかけること。あなたと話したいと思うこと。行動すること。これが、好意。これが、コミュニケーション。豚ローズさんの作品がなぜあんなに胸を打つのか、その理由が分かった。この人は、自分から語りかけている。繋がろうと手を差し出している。好意の天才なんだ。

「豚ローズさん」

「はい」

「あの、会ったばっかりでこんなの……あれですけど。あの、本名、教えてもいいですか」

「チェス納豆さんの？」

「はい。あっ、でもあの、豚ローズさんのも教えろとかそういうんじゃないんで。あの、こんな変なハンドルだし」

「知りたいです。お名前」

「……大滝喜楽理、と申します」

「かわいい！」

「すみません、名前負けっていうか、元祖キラキラネームというか」

「すっごくかわいいじゃないですか。素敵ですよ。私、ちょっと古めかしいもん。藤崎富江《ふじさきとみえ》と言います」

「富江さん」

「ぜったい今、伊藤潤二思い出してるでしょ」

「いえ、その……すんません」

「ぜんぜん、あんな魔性の美少女じゃないけど」

「いい名前じゃないですか。すごくいい。すごく」

「ほんと？　嬉しいな……」

その、嬉しいな……と言った豚ローズさん、いや富江さんは、まるで富江さんの描いたイラストみたいに愛らしかった。顔が熱い。酔ってるせい。酔ってるせいということにしてほしい。だってこんなの、こんな風に誰かを好きになっちゃうなんて、なんか、出来すぎてる。恥ずかしい。
駅で別れるとき、富江さんは長い間手を振ってくれた。私も振り返した。心から寂しいと思って誰かと別れたのは、とても久しぶりに感じた。

日曜夜の、寂寞《せきばく》感と倦怠《けんたい》感を載せた電車に揺られながら、一人ニヤニヤしてしまいそうにテンションが上がっている。錆びていたギアに油をさしたように、心が、脳が動いている。まだ好きとは決めない。恋とも決めない。でも、でも。そのままずっとふわふわした気持ちで富江さんとの会話を反芻《はんすう》していたけれど、最寄り駅に着いたら、急に酔いが回ってきた。日本酒は時間差で来る体質なのを忘れていた。やばい。間一髪でトイレに駆け込み、吐く。うまいこと吐いたつもりだけど、黒いワンピースに点々と跳ね返ったゲロが飛んだ。くそ。出せるだけ出して手を洗って口をゆすぐ。鏡を見ると、化け物みたいにぼろぼろの顔の中年女が映っていた。私、こんなに老けてたんだっけ。蛍光灯のせいか、肌は青白く、二十八どころか三十八くらいの顔に見えた。崩れた化粧がてかてかと汚らしく光り、吐いたせいで目は充血している。さっきまでの浮足立っていた気分もゲロと一緒に流れてしまった。気持ち悪い。ぐるぐるする。歩くのがめんどい、つかしんどい。ゆっくりゆっくり改札を出る。ここから部屋までは近いけど、坂道を上がらなきゃいけない。今ちょっとその元気はない。バッグをぶら下げ、よろよろ歩いて、駅のすぐ斜め前にあるロータリーのような公園のような小さいスペースに行き、崩れるようにベンチに腰を下ろした。目が回る。やばい。眠い。今すぐここで寝たい。

「大丈夫？」

俯いて地面を見ていた目の前に、突然、南アルプス天然水のペットボトルが差し出された。

「酔っ払っちゃった？」

のろのろと顔を上げると、スーツ姿の、同世代くらいのサラリーマンが未開封のペットボトルを持っていた。

「あげるよ」

知らない人だ。でも水はすごく欲しかったので、ありがとうございますと言って受け取り、飲んだ。冷たくてうまい。吐いたあとなのでただの水が甘く感じる。

リーマンはよいしょと言って私の隣に腰を下ろした。

「飲んできたんだ？」

はあ、となんとか肯く。

「水おいしい？」

はあ。

「じゃ、するね」

そう言うと、リーマンはいきなり横から私の乳を鷲掴みし、勢いよく揉みはじめた。

「あーでっかい。スッゲエ。あー、おっぱい」

うわ言のように言いながら、リーマンは乳を揉み続ける。何が起こっているか分からなくて、私はまだ半分入っているペットボトルを持ったまま、ぼんやりとその横顔を見ていた。

「気持ちいい？　どう？　感じる？」

酔いで全身の感覚が鈍くなっているが、乳腺がすり潰されるような痛みを感じた。

「あーいい。やわらかい。ね、名前は」

パン生地でもこねるみたいに揉まれ続ける自分の乳を呆然と見ながら、私は、

「富江」

と答えた。私は子供のころからいつ誰に聞かれてもめったなことでは本名を教えない癖がついていた。珍しい、この世に一つしかない名前だから。

「富江ちゃんか。じゃあさ、付き合っちゃおうか」

はっ、はっ、とリーマンは次第に呼吸を荒らげていく。

「ほら、ね、付き合っちゃおう。彼女にしてあげる。ほら。だから、ね、こっちも触って。自分だけ気持ちよくなっちゃだめだよ?」

ジジジ、と音を立てて、リーマンは自分のズボンのチャックを下ろした。

その瞬間、しーんと、世界から音が無くなって、私は声も出さずすっと立ち上がり、バッグを持って歩きだした。後ろを振り返らずに、駅前の通りに出て、よろけながら、部屋のあるほうとは正反対の道を進んだ。絶対振り返っちゃだめだ。絶対にだめだ。走りたかったけれどそれは無理だった。早歩きすらしん

どかった。がぺっ、とさっき飲んだ水が胃から逆流してきて、歩きながらそのまま吐く。ワンピースの胸から腹にかけて、全部白っぽいゲロまみれになる。すれ違った大学生くらいのカップルが小さい悲鳴をあげる。歩いて、歩いて、街灯やコンビニの光る道を選んで歩いて、もう限界が来そうになったとき、小さいアパートの、コンクリート塀の裏のゴミ捨て場が目に入った。青いでかいポリバケツが三つ置いてある。私はその敷地に侵入し、ポリバケツの裏に身を潜め、湿った地面にうずくまり息を殺した。地面から苔《こけ》と土と、猫の小便の臭いがした。それと自分のゲロと酒の臭い。目を閉じて、胸の下で祈るように手を合わせる。そしてそのまま、気絶するみたいに眠った。

全身に感じる鈍痛で目が覚めた。首の後ろが引き攣《つ》れるように痛い。寒い。がたがた震える。目を開けようとすると、糊付《のりづ》けしたみたいにばりばりと上まぶたと下まぶたがひっついている感触がした。辺りは青白く明るくなっていた。夜が明けている。

震えながら、地面から腰を曲げたまま立ち上がった。服も靴もぐちゃぐちゃで、夜露に当たったのか全身が湿っている。寒い。寒い。力の入らない手でなんとかバッグを開けて、制服の上着を取り出し羽織った。ワンピースの下に手を入れる。タイツ穿いてる。少しだけほっとする。

足を引きずるようにして、音を立てないように気をつけながらゴミ捨て場を出た。辺りを見ると、部屋からはだいぶ離れた通りにいるのに気付いた。新聞配達の人がぎょっとしたような顔ですれ違っていく。何も考えるな。住処《すみか》を目指せ。何も考えるな。一歩一歩歩け。何も考えるな。何も考えるな。何も考えるな。何も考えるな。何も考えるな。何も考えるな。

長い長い時間をかけて、私はカーサ・デ・プレシャスハウスⅡまで辿り着いた。それからまた長い長い時間をかけて、四階の自分の部屋まで上がった。見慣れきった狭く汚い部屋に入ると、なぜか急に目と頭が冴えてきた。

死ぬかな、とふと思った。

初めての気持ちではなかった。でも、前回は、ぶつん、と音を立てて洗濯ロープが速攻で切れてしまったので、自分が漏らしたウンコと小便の上に尻餅をつきながら、あの日私はもう一度生活をやってみようと決めたのだ。これは何かの「おぼしめし」なのかもしれない。もうここが確実に人生のどん底で、あとはもう這い上がるだけ。生きていれば何かいいことがあるという。まだ死ぬときじゃないんだよという。だからその日から心を入れ替え、毎日ガブ飲みしていた睡眠薬と抗鬱剤と痛み止めと咳止めと焼酎と自傷をやめて、バイトを始め金を貯めた。そうして二度と帰らないつもりで家を出て、東京を目指し、ここに居着いた。

でも、それも結局間違ってたんじゃないか。世の中は変わらずクソだ。あれはやっぱりただの失敗で、もっと早めに死んどくべきだったんじゃないだろうか。おぼしめしなんてただの勘違いで、やっぱり生きてる価値なんて、ないんじゃないかな、この世には。私には。何をどうしたって、どこに住んでたって、同じような目に遭って、逃げられないのなら。

じゃあ、どうするか。首吊りはまた失敗する可能性があるし、この部屋には梁《はり》がない。そうだ、飛び降りるか。せっかく高い建物がある東京にいるんだから、記念に。ちょっとしゃれた、一つ上のアーバンテイストで東京らしい死に方を。

カーテンを開け窓を開けると、三角空き地が夜明けの薄明かりに照らされステージのように光っていた。

その真ん中に、あの黒いワンピースの女が立っていた。

黒髪を風に揺らして、女ははっきりと四階の、私の顔を見上げていた。それに気付くと、なぜか唐突に、猛然と腹が立ってきた。

「てめえ、そこいろよ！　逃げんじゃねえぞ！」

私は叫び、部屋を飛び出し、階段を滑り落ちるように駆け下り表に出た。腹の肉を擦りながら建物と建物の間の細い隙間を抜け、三角空き地に入る。

そこに女はいなかった。

あちこちの室外機から聞こえるかすかなブゥーン……という音と、建物の向こうの車の音、人の話し声、横断歩道の信号音が妙に遠くに聞こえる。真っ直ぐ上を見上げると、三角形に切り取られた東京の空に、赤くちかちかと光る飛行機のライトがのんびり泳いでいた。

視線を落とすと、四階の私の部屋の窓に、あの女のシルエットが浮かび上がっていた。そこでやっと、唐突に、その顔が誰なのか思い出した。それは抗鬱剤で四十キロ太り、円形脱毛症が五つもできてまだらハゲになり、両腕に根性焼きとアームカットの模様をびっしり着ける前の、私の顔だった。

ぽかんとその顔を見上げていると、女は、私は、にやっと笑い、親指を「いいね！」の形にして突き出した。ぱらぱらと頭上から温かい雨が降ってきて、私は東京で死ぬことに失敗したのを知った。

初出
君の六月は凍る……………………「小説トリッパー」二〇二一年冬季号
ベイビー、イッツ・お東京さま……「小説トリッパー」二〇二〇年春季号

装幀　水戸部 功

王谷晶（おうたに・あきら）
一九八一年東京都生まれ。著書に、『完璧じゃない、あたしたち』『どうせカラダが目当てでしょ』『ババヤガの夜』『40歳だけど大人になりたい』などがある。

君《きみ》の六《ろく》月《がつ》は凍《こお》る

二〇二三年六月三十日　第一刷発行

著　者　王谷　晶
発行者　宇都宮健太朗
発行所　朝日新聞出版
〒一〇四-八〇一一　東京都中央区築地五-三-二
電話　〇三-五五四一-八八三二（編集）
〇三-五五四〇-七七九三（販売）

印刷製本　中央精版印刷株式会社

Published in Japan by Asahi Shimbun Publications Inc.
ISBN978-4-02-251908-5
定価はカバーに表示してあります
落丁・乱丁の場合は弊社業務部（電話〇三-五五四〇-七八〇〇）へご連絡ください。
送料弊社負担にてお取り替えいたします。